新海誠ライブラリー

小説

# 星を追う子ども

新海誠 原作

あきさかあさひ 著

汐文社

# 目次

# 一　話

溝《みぞの》ノ淵《ふち》という町にあるその学校の名を、何のひねりもなく「溝ノ淵小学校」という。

もとより溝ノ淵は、超がつくような田舎の山間《やまあい》にある、小さな小さな町だ。小学校など二つも三つも必要ないのだから、必要充分な名前ではあるのかもしれない。

昭和初期に建てられたという木造校舎は古ぼけすぎて風格さえ漂っているが、昼間でさえ幽霊が出そうなその校舎を、渡瀬《わたせ》明日菜《アスナ》が好きになれるはずもなかった。

――だって怖いじゃない。

窓に映る自分の顔ですら、幽霊と見間違えそうになるほどなのだ。

こんなに愛くるしい大きな瞳《ひとみ》で、整った鼻で、ちょこんと小さな唇で、それに似合うショートカットが可愛らしいのに。

自分でそんなことを思ったのは、今、六年生の教室内で絶賛開催中の「公開処刑」から気を逸《そ》らすためでもあったのかもしれない。

「公開処刑」――またの名を「答案返却」という。

別段珍しい光景ではない。期末テストの答案を、点数を発表しながら生徒に返却する、というだけのものである。

であるのだが――

アスナは、この答案返却方式が、あまり好きではなかった。

意外に思うかもしれない。

だが、できない者にできない者なりの理由があるように、できる者にはできる者なりの理由があるのだ。仮にその試験が、アスナにとっては授業を真面目に聞いていれば簡単に百点が取れてしまう程度のものであっても、普通にやって二十点三十点を取ってしまう生徒はいる。彼ら彼女らからすれば、毎回試験で「一番」を取ってしまうアスナは、やっかみの対象になるのに充分だった。

「渡瀬アスナさん」

担任の池田《いけだ》先生が名前を読み上げる。ぎしぎしときしむ床を、アスナは教壇へ向かって歩いていく。先生は続ける。

「今回もアスナさんがクラスで一番です。がんばりましたね」

「……ありがとうございます」

また、余計なことを言う。

そんなことを心の中で思いながらも、社交辞令の礼を小さくつぶやく。案の定、というべきだろう、答案を受け取って席へと帰る途中、ささやき声が耳に入る。

「またアスナが一位かよ」

「さっすが委員長、ガリ勉してる」

「ほんとほんと」

――そんなの、してないのに。

そう思う。

しかし、思うだけで言えないのが、アスナであった。

いっそ、次の試験ではわざと悪い点数を取ってしまおうか――

(なんて、そんなわけにはいかないよなあ)

口の中でだけため息をついて、アスナは自分の席へと戻った。

それから答案返却がしばらく続き、

「では、最後に注意連絡です」

返却を終えた先生が、教壇に手をつきながら言った。

「最近、何人かの生徒から小渕《おぶち》のあたりで熊を見たという報告があがっています。念のため、寄り道をしないように帰ってください」

ぼんやりと答案用紙を眺めていたアスナは、その言葉にふと顔を上げる。

（……クマ？）

アスナのお気に入りの高台は、その小渕の山の中腹にある。

町全体を見下ろすことのできるそこで、鉱石《こうせき》ラジオを聴いて過ごすのが、アスナの「いつもの放課後」であった。

小学六年生の放課後としては、いささか寂しいものであると思うかもしれない。

いや、アスナだって、本当は人並みに友達が欲しいのだ。

友達と一緒に遊ぶ放課後に、ものすごく憧《あこが》れているのだ。

だけれども——友達というものと、どう接していいのかわからない。

だからアスナにとって小渕の高台は「人に気を遣《つか》わなくていい」という意味で、きわめて居心地のいい場所なのであった。

——いくつかの連絡事項があったあとで、挨拶《あいさつ》をして「帰りの学活」が終わる。

早く家に帰ろう。

そう思って、下足箱のところまで行ったところで、背後から声をかけられた。

「アースナちゃん」

振り返ると、クラスメイトの矢崎《やざき》ユウが立っていた。

アスナの顔を見て、ユウはにこりと笑った。

「一緒に帰らない？」

すごく嬉《うれ》しかった。

嬉しかったのだが——アスナはそれにうまく応えられない。

「あ……えと」

なんと言えばいいのかわからない。

だいたい一緒に帰ったとして、その帰りの道中で何を話せばいいのか。それで気まずくなって疎遠《そえん》になるくらいだったら、今の距離を保っていたほうがマシだ。

そう一瞬で考えて、アスナは答えていた。

「えっと、ごめん、ちょっと急いでるから、また今度ね」

「そうなんだ。それじゃ、またね」

少し残念そうに手を振るユウに手を振り返して、アスナは思う。

ああ、またやってしまった。

こんなだから友達ができないのだということは、よくわかっている。だけれども、わかっていてどうにかできるのならば、こんなに苦労はしていないのだ。

悔恨《かいこん》の念と共に、靴を履き替えて昇降口から外へと出る。

広がるのは田舎町の風景。

三階建て以上の建物なんて一つも無くて、たくさんの田畑が広がっていて、舗装されていない道路があちこちに続いている。遠く見えるのは木々に覆われた山ばかりで、そのところどころに立つ鉄塔が目立つ。

住宅街の砂利道を歩き、踏切を通過し、馴染《なじ》みのお米屋さんの前を通過して、石垣の坂道を上って自宅へと歩く。

アスナの自宅は、溝ノ淵町では標準的な、二階建ての和風建築の家である。陽光を反射する瓦《かわら》屋根、年季が入って黒ずみかけた白塗りの壁。門は無く、広い前庭から直《じか》に木製扉へと通じているのは田舎ゆえのおおらかさと言ったところだろうか。

その玄関脇の車庫に白い車が止まっているのを発見して、アスナは小さく喜んだ。

――お母さんが家にいる！

それはアスナにとって、少なからず嬉しいことであった。

「ただいま！」

玄関の鍵《かぎ》を開け、家の中に向かって呼びかける。

「おかえり、アスナ」

母の声が返ってきた。

アスナは弾むように靴を脱ぎ、居間に向かった。寝間着姿の母が寝室から出てくるところだった。アスナは急《せ》いて鞄《かばん》からテストの答案を取り出しながら、

「ねえお母さん、私、今日ね」

「ああ……アスナ。悪いけど、後にしてくれるかしら。今日の夜勤《やきん》までに、少しでも寝ておきたいの」

母の声には疲労の色が濃かった。

普段はまずびしっとした姿しか見せないアスナの母は、診療所の看護師をしており、昨日も夜勤だった。その母が疲労の色を隠せないほどの寝不足であることを考えると、試験の結果の一喜一憂ごときを報告する気にもなれなかった。

「そうなんだ……ゆっくり休んでね、お母さん」

「ごめんね、アスナ」

「ううん、大丈夫」

むしろ感謝するべきだ、とアスナは思う。寝ていたところを、アスナが帰ってきたためにわざわざ起きてきてくれたのだ。

アスナはきびすを返し、再び玄関へと向かった。

「ちょっと出かけてくるね。お母さん、お仕事がんばって」

「ありがとう、いってらっしゃい」

駆け出す。

石垣の坂道を下り、顔見知りのお婆《ばあ》さんに挨拶をして通り過ぎ、誰にも見られていないのを確認して、いつもの踏切から線路へと侵入する。

向かうのは小渕の山。

アスナのお気に入りの高台だった。

*

アスナのお気に入りの高台へ行くには、谷間を渡る鉄道橋を通るしかない。

単線の汽車が通るための橋はけして広くなく、しかし下の川面《かわも》までの高さは十メートル以上は優にあったけれど、それを怖いと思ったことはなかった。汽車は数時間に一度しか通らないし、それでも念のため線路に耳を当ててみることは忘れなかったし、橋は立派な鉄製のものだったから。

いつものようにアスナが、鉄道橋の上を走り抜けようとした、そのときだった。

アスナは、異変に気が付いて、足を止めた。

結果的に言えば、アスナが気付くのは遅すぎたわけだけれども——

鳥や虫が、一切鳴いていなかったのだ。

季節は夏。

さまざまな野鳥や蟬《せみ》などが、やかましいぐらいが普通なのに。

アスナはそう思って、そして、ようやく「それ」に気が付いた。

どこの陰に潜んでいたものか、「それ」との距離は十メートルほどしかなかった。

それでも、アスナは足がすくんで動けなかった。

(何よ、これ?)

鉄道橋の上に、見たこともない茶色の生き物がいた。

とにかく大きくて、大きくて、大きかった。

——逃げないと。

本能的な恐怖が逃げろと告げるのだけれど、身体が言うことを聞かなかった。

そのくせ頭の隅に妙に冷静な部分が残っていて、まずはその生き物をクマのようだと思った。だけどそれはテレビで見たクマよりもずっと大きくて、背中に妙な突起がいくつも生えていて、立ち上がったそのお腹には水色や緑色で幾何学的な模様が描かれていた。

バケモノだ、と思った。

思っているうちに、バケモノはあっという間にアスナの目の前まで近寄ってきた。顔と顔がくっつきそうなぐらいに接近し、鼻息によってアスナの髪が揺れて、右腕が振り上げられ、無造作にアスナめがけて振り下ろされた。

そのとき自分が何を思っていたのか、アスナは自分でもわからない。もう駄目だ、と思ったのか。死ぬ、と思ったのか。殺される、と思ったのか。いずれにしても大差はなかったが――

感じたのは、風。

気が付くとアスナは、少年に抱きかかえられていた。バケモノの攻撃の届かない、十メートルほど離れた距離だった。どうやら、助けられた――らしい。

少年はゆっくりとアスナを地面に立たせると、背中でアスナをかばうようにしながら顔だけ振り返って、これ以上ないほどに優しい笑みを見せた。

「大丈夫」

子どもに言い聞かせるような口調だった。

髪の長い、ともすれば女の子だと間違えそうになるくらい美形の、男の子だった。年齢はアスナと同じくらいか、少し上だろうか。

胸が高鳴るのを感じた。

――うわ、かっこいい。

こんな事態だというのに、そんなことを思っている自分が妙におかしかった。

少年はバケモノに対峙《たいじ》すると、すぐにその端整な顔を真剣なものに変え、白いシャツの胸元から何かを取り出した。

陽光を反射して青く輝くそれは、まるで水晶のようなペンダントであった。

少年はペンダントをゆらゆらと揺らしながら、静かにバケモノに近寄っていく。バケモノが獣じみたうめき声をあげながら視線でそれを追い――その喉元《のどもと》から、肉塊のようなものが、ぐちゃり、と音を立てて地面に落ちた。

アスナはグロテスクな肉塊から、目を逸《そ》らすこともできなかった。

「寿命《じゅみょう》なんだ」

バケモノと向かい合う少年の声は、アスナに向けられたものか、そうでなかったか。

「地上に残った者の末路《まつろ》が……これか」

少年は何を言っているのだろう。

瞬間、バケモノが振るった右の手を、少年は大きく跳躍《ちょうやく》して避けた。長い髪が風にひるがえり、着地と同時に一閃《いっせん》、繰り出した蹴《け》りがバケモノの足を切り裂いて、真っ赤な血が飛び散った。バケモノが苦しげな悲鳴をあげた。

そのとき、少年が見せた悲しそうな瞳《ひとみ》の意味を、アスナはまだ知らない。

だが——とでもいおうか。だから、というべきだろうか。

アスナは、叫んでしまっていた。

「やめて！　殺さないで！」

動物愛護の精神、などという綺麗《きれい》なものではなかったと思う。ただ、少年自身がバケモノを殺すことを望んでいないのではないかと——アスナは、そう思ったのだ。

そして、少年がアスナの言葉に気を取られた一瞬を、バケモノは見逃さなかった。

再び薙《な》ぎ払われたバケモノの右腕が少年を捕らえ、軽々と吹き飛ばした。少年の身体が橋の欄干《らんかん》に叩《たた》きつけられて、げほ、と苦しげな息が漏れた。少年はすぐに立ち上がろうとするが、立ち上がれず、バケモノの爪が無惨に少年を切り裂く——

と、思ったのだ、アスナは。

だが、次の瞬間。

「っ！」

少年のペンダントが強烈な光を発し、バケモノはそれに怯《ひる》んで動きを止めた。

少年はその光を閉じこめようとするかのごとく、左手で——右手は先ほどの一撃で

負傷して、だらりと垂れ下がっていた――ペンダントを押さえ込むが、光は溢《あふ》れて、

「だめだっ！」

少年が叫んだのとほぼ同時に、音もなく。

バケモノの顎部《がくぶ》が光に削り取られたかのように消失して、
頭を失ったその巨体が、ゆっくりと、線路の上に倒れ伏した。

何が何だかわからなかった。

アスナはただぽかんと、そこに突っ立っていた。

「……」

少年は下唇を噛《か》みしめながら立ち上がり、バケモノの死体に小さく頭を下げた。

そこで、汽笛《きてき》が聞こえた。

走ってきた汽車が、線路上の異物に気が付いて、慌ててブレーキをかけた。ゆっくりと停車していく汽車には目もくれず、少年はアスナのもとに歩み寄ってくると、

「これで、最後だから」

と言って、再びアスナの身体を抱き上げた。アスナはこのわずか数分の間に起こったたくさんの出来事で頭の中がごちゃごちゃで、少年に抱き上げられるのが照れくさくて、ただ、

「あ、あの、ちょっと」

とだけ、ようやく口にした。

そんなアスナに、少年は再び優しい笑みを浮かべて、

「信じて」

と言うなり、鉄橋の上から飛び降りた。

眼下の森まで、数十メートルはあろうというのに。

(ええええええっ!?)

落下の恐怖のあまりに、気を失って――

アスナの意識は、そこで途絶えている。

# 二話

（ん……）
あたりが暗かった。
自分が横たわっているのだと気付くのに、数秒かかる。
視界には空。星が瞬いている。
（あれ、私——）
記憶の底を探る。
お気に入りの高台へ向かう途中、鉄橋でバケモノと遭遇《そうぐう》して、少年に助けられた。
そんな荒唐無稽《こうとうむけい》な記憶がある。
（夢……だったのかな）
そう思ったときだった。
「気が付いたね」
声をかけられて、アスナは慌てて身を起こす。

アスナが寝かせられていたのは、小渕の山の、アスナのお気に入りの高台の上だった。先ほどの記憶の中にいた髪の長い少年が、岩に腰掛け、こちらを振り返って優しい笑みを見せていた。

(夢じゃ……なかった？)

「もう危険はないから、安心して家に帰って」

アスナが目覚めるのを待っていたのか、少年は立ち上がり、歩き始めながら言う。聞いているだけで心が安息に満ちていくような、優しい声だった。

「あ、あの」

横を通り過ぎていく少年に、アスナはとにかく何か言わなければと考えて、

「助けてくれたんだよね？　ありがとう！」

言うと少年は立ち止まり、再びアスナを振り返った。

「この山には近づかないほうがいい」

言い残して、少年は森の中へと消えていく。

……何、それ？

言われたことの内容を呑《の》み込むまでの間に、少年は森の中へと消えていく——その少年の後ろを、ちょこちょこと一匹の猫がついていく。

「ミミ！」

アスナが幼い頃から、ずっと一緒に育ってきた猫だった。いつもなら、アスナが呼べばすぐに駆け寄ってくるはずのミミが、今日だけはアスナの言葉を無視して、少年に続いて森の中へと消えていく。

「……」

アスナは少年とミミに声をかけようとしたが——言葉が見つからず、ただそれを見送るだけしかできなかった。

*

翌日。

件《くだん》の鉄道橋からやや川下の岩場に、数名のスーツの男たちがやってきていた。男たちは岩の間をしばらくの間うろうろと何かを捜していたが——やがて、

「中佐、ありました！」

一人の男が指さした先にあったもの。

それは——

あのクマのようなバケモノの、死体であった。

「中佐」と呼ばれたサングラスの男が、バケモノの死体に近寄っていく。

「これは……」

その死体を眺めて「中佐」が驚きの声をあげる。それもそうだろう——バケモノの死体のあちこちから植物が芽吹いていたのだ。それも、この季節には生えないはずの。

「若木だ……それに」

しゃがみこむ。

バケモノの死体の一部が、透明な水晶のようになっていた。

「結晶化している。……おそらく、何者かが地上に来ている」

呟《つぶや》いて、「中佐」は振り返る。

「捜《さが》せ！」

その言葉に従って、スーツの男たちが散り散りに動き出す。

＊

髪の長い少年が、小渕の高台から空を見上げていた。

その傍らには、ミミがうずくまって眠っている。

「先生……」

少年が独り呟いたとき、ミミが不意に顔をあげた。

何かに気付き、少年は少し困ったような、しかし嬉《うれ》しそうな笑みを浮かべる。

「やっぱり来たのか……忠告したのに」

それを聞いて――だろうか。ミミが、にゃあ、と鳴く。

少年はミミの頭を撫《な》でて、

「そうだね。本当は僕も、そう望んでいた」

少年が見つめる先から姿を現したのは――

アスナであった。

少年は微笑みながら、

「来ない方がいいと言ったのに」

「だって……」

アスナは言いかけて、言葉を呑み込んだ。

ああ、もう、なんでこう自分はうまく喋《しゃべ》れないのだろう。

本当に自分が嫌になる――

と思ったところでアスナは、少年の傍らにミミがいることに気が付いた。

「ミミ」

呼ぶと、ミミはアスナのもとに駆け寄ってきて、その足に顔をすり寄せた。

「何よ、今までは私にしか懐《なつ》かなかったくせに」

ミミの頭を撫でていると、それで少しリラックスできたのか、少年に伝えるべき言葉が頭に浮かんだ気がした。

「……ここは、もともと私の場所だったの。誰かに来ちゃダメなんて言われたくない」

アスナとしては、少年を責めているつもりはなかった。結果として少年の昨日の言葉を責めていることに、アスナ自身は気付いてもいない。

だが、少年はそんなアスナの言葉にも気分を害した様子はなかった。

ただ優しく微笑んで、答える。

「……僕と同じだ」

「え？」

――同じ？　私と？

きょとんとするアスナに対して、

「自分が来たいから来た」

少年はそう言って、ゆっくりと立ち上がった。

やっぱり何を言われているのかわからない。

考える。

自分の言葉を要約して、今の少年の言葉と照らし合わせてみる。

私が言ったのは、「私は、あなたに止められたけれども、自分が来たいからという理由でここに来たのだ」ということだ——この人も誰かに止められて、それでも自分が来たいからここに来た、ということなのだろうか？

(——誰が、何のために止めたの？)

怪訝《けげん》そうな顔をしたアスナに、しかし少年は快活に、

「僕の名はシュン。よろしく」

と言って、優しく笑った。

この人は、本当によく微笑む人で——そして、それがよく似合っている、と思った。

正直に言って、ちょっとかっこいい。

そこまで思ってから、自己紹介されているのだ、ということに思い当たった。

自己紹介なら、大丈夫。自分もそれを返せばいいだけだから。

「私は、アスナ」

なのにぶっきらぼうな言い方になってしまった。

——だいたい「私はアスナ」って何よ、苗字《みょうじ》も名乗れないの、私は——と思ったけれど、よく考えたらこのシュンていう人も苗字は名乗らなかったし問題ないよね？

アスナはぐるぐると考えながら、なんとかフォローしようとする。シュンを改めて見やり、こういう場合はあれだよね、かっこいい人はかっこいいって言われるのには慣れてるから、服装とかのセンスを褒《ほ》めればよかったはず。

などと少女漫画で読んだ記憶を掘り返して思ってから——気付いた。

シュンのシャツ、右の上腕あたりに、血がにじんでいることに。

「血が出てるじゃない！」

思わず言ったのは、看護師の母の影響だろうか。幼い頃からこういったことには敏感に対処してきたアスナは、それを放っておくことなんてできなかった。

「もしかして、昨日の？」

「ああ、平気だよ」

アスナは言うのだが、シュンは相変わらずの笑みを浮かべたまま、

「平気って、何も手当てしてないみたいじゃない。本当は消毒とかしたいんだけど、消毒薬なんてここにはないし……ああ、もう、とりあえず、そこに座って！」

「……う、うん」

アスナの勢いに負けて、シュンは岩に座り直した。アスナは少し考え——他にめぼしいものが見あたらなかったので、自分のスカーフをシュンの腕に巻き付けた。ぎゅっと強くしばれば、少なくとも止血《しけつ》の役目は果たす。

「あとでちゃんと病院で見てもらったほうがいいよ」

「……」

シュンはしばしそのスカーフを眺めていたが、不意に、

「君の場所なんだ?」

と言った。

アスナは一瞬考えて、すぐに先ほどの話の続きだと気が付いた。この小渕の高台が「私の場所」だと言い張ったのは、他ならぬ自分だ。

アスナは頷《うなず》いて、

「そう。ラジオが一番よく入るの」

と、誇らしい気持ちで言う。シュンはきょとんとした顔をして、

「ラジオ?」

まさかラジオを知らないわけでもあるまいに。

いずれにせよ、百聞《ひゃくぶん》は一見《いっけん》にしかず――という言い方がこの場合は少し変だなあと考えながらも、アスナは自分の宝物を自慢したい気持ちも少しあって、

「聴いてみる？」

と聞くと、シュンは頷いた。

アスナはすぐに、岩の間に手を突っ込み、隠してあったクッキーの缶を取り出す。

と言っても、これはただのクッキーの缶ではない。中にはアンテナがあって、同調回路があって、検波《けんぱ》回路があって、レシーバーがあって。

そう、この缶こそが、アスナの子どもの頃からの宝物、鉱石ラジオなのであった。

「この鉱石がダイオードの代わりなの」

そう言って、アスナは胸ポケットから取り出した青い石を缶の中にはめ込む。

鉱石ラジオともども、お父さんの形見《かたみ》となった石だった。アスナが父親からもらったものといえば――物品という意味でいえば、この二つしかない。

「時間によっても天気によっても、受信状態が変わるんだ」

「……！」

シュンが一瞬だけ表情を変えたことに、アスナは気付かなかった。

シュンは石を指さして、

「ねえ、その石——」

「入った！」

ラジオがうまく電波を受信したらしく、アスナが喜びの声をあげたので、シュンの言葉はそこで途切れてしまった。

アスナはイヤホンの片方をシュンに渡して、二人でそれを聴きながら、

「音楽番組だね」

と言った。シュンは答えなかった。

「……」

シュンはその音楽に耳を傾けながら、考えていた。

（クラヴィスだ……）

間違いなかった。

（……僕は、なんて運がいいんだ）

シュンがそのとき思いを馳《は》せていたのは、自分の一生の全てについてだった。

地上に憧《あこが》れ、わがままを通して、先生の後を追ってきた。

——地上に来ることが、自分に早々の死を呼ぶとわかっていても。

そんなシュンの思いなど知らず、空を見上げているシュンに、アスナは鞄《かばん》から取り

出したサンドウィッチを差し出した。

「食べる？」

アスナ謹製《きんせい》のサンドウィッチだった。ベーコンとレタスとトマトを挟んだだけの簡単なものだけれども、それだけに美味《おい》しい自信があった。

「……ありがとう。お腹が空《す》いていたんだ」

アスナは、自分もサンドウィッチを一口かじってから、

「前にね」

優しく自分を見つめるシュンに、誰にも話したことのない大切なことを話していた。

なぜ、そんな気持ちになったのか。

わからないけれど、シュンになら話してもいい気がしたのだ。

「一度だけ不思議な曲が入ったことがあるの。今までに一度も聴いたことのない、不思議な唄《うた》。誰かの心がそのまま音になったみたいな——」

シュンは、それが自分の「唄」だと直感的にわかった。

「それを聴いたとき、しあわせとかなしみが一緒にやってきて、私は一人きりじゃないんだって思えたの」

まさか、「唄」を聴いてくれたのが、「先生」の娘だなんて——

それは、なんという運命のいたずらなのだろうか。

「ずっと胸に残ってる。……私はもう一度、それを聴きたいんだ」

「……」

シュンが何も言わなくなってしまったので、アスナは急に不安になった。自分はまた何か余計なことを言ってしまったのだろうか。初対面だというのに、なんでこんなにべらべらと色々喋《しゃべ》ってしまったのだろう。かっこいい相手だからあがってしまったのかもしれない。なんとかフォローをしなければならないと思うが、フォローの言葉が見つからない。

恐る恐る、アスナは声をかける。

「……シュン、くん？」

シュンは、言葉が出なかった。

（ああ——）

ミミが夏の虫にじゃれついているのを見ながら、シュンの胸に去来した思い。

（もう、思い残すことが、なくなってしまった）

ゆっくりと、ゆっくりと、日が暮れてくる。

西の空にわずかに残る橙色《だいだいいろ》を眺めながら、シュンは微笑んだ。

「――アスナは、僕に何も聞かないんだね」

唐突な言葉だった。アスナは反射的に、

「え？」

と尋ねる。シュンはそれにまた微笑んで、

「きっと、色々疑問があるのに」

色々な疑問。

そうだ、考えてみれば、シュンに聞きたいことは山ほどあった。昨日起こったことの全てを説明して欲しくて、とりあえずは確認の意味をこめて、

「……あの、クマみたいな生き物のこととか？」

「そう」

「うん……でも、今は、いい。疑問だらけだもん。すごく長くなりそうだから」

本心だった。だけれども、このとき、アスナの心の中に、こうすれば明日《あした》も会う口実ができるかもしれない、という思いがあったことを否定はできない。

「明日、またここに来るね」

そのときに聞きたいことは聞けばいい。

アスナはそう思ったのだが、シュンは何も言わず、ゆっくりと背中を地面に預けた。

そして、呟《つぶや》くように言う。

「アガルタっていう遠い場所から、僕は来た」

聞いたことのない言葉だった。

あがるた？

「……外国？」

聞いてしまってから、何を馬鹿な質問をしているのだろうと思う。どう考えても日本の地名だとは思えない。

しかしアスナの問いには答えず、シュンは続ける。

「どうしても見たいものと、どうしても会いたかった人がいて」

そして、シャツの胸元からペンダントを取り出す。

青い水晶のような宝石――クラヴィス。

それを夕焼けにかざしながら、

「――でも、もう、思い残すことはない」

シュンの言葉を、どこまでアスナは理解していただろうか。

アスナはただ、素直に言う。

「……願いがかなったんだね」

シュンはアスナの言葉には応えなかった。

代わりに、身を起こす。

「暗くなる前に帰ったほうがいい」

言われてしまった。自分が失言をしたのではないかと不安になりながらも、しかし
アスナはシュンと少しでも一緒にいたいという気持ちを抑えられず、

「うん。ヒグラシが鳴き止んだら帰るよ」

と言った。

シュンは、これだけはしておかなければならないと思った。

「――アスナ」

ただ、最後に――最期に。

「祝福をあげる」

「え?」

アスナは、また自分が何を言われたのかわからなかった。シュンはどうしてこう唐
突に物事を口にするのだろうか、そんなことを思いながらも、

「目をつむって」

「……」

素直に、瞳《ひとみ》を閉じた。

シュンはその額に、
そっと、くちづけた。

アスナは驚きに目を開き、

「え、い、今――あの、」

顔を真っ赤に染めるアスナを、シュンは穏やかな気持ちで見つめる。

一方のアスナは、今自分がされたことを信じられず、夢なのではないかと疑い、確認しなければと思って、

「き、き、き、キス……」

うまく言えなかった。今、私にキスした？　なんて、言えるはずがなかった。

「アスナ」

シュンは、言う。

これだけは、最期に。

「ただ、君に生きていて欲しい」

「あ……あの、えっと」

どれだけ重要なことを言われたのか、アスナはわかっていない――というよりも、

アスナはキスの衝撃から立ち直れていなかった。

十一歳、多感な年頃の女の子にとって、額にとはいえど、かっこいいと思った相手にキスをされるなどということはすさまじい経験であったのだ。

とにかく恥ずかしくて、この場にはいられなかった。

「ご、ごめん、また明日」

アスナはシュンの言葉を、その重大な意味を呑《の》み込めもせずに、ただそう告げると、鉱石ラジオを鞄《かばん》に入れて――

約束しておかなければならないと思った。

「また、明日」

言い残して、走ってその場を後にした。

キスされた、キスされた、キスされた、キスされた――と、そればかりが頭の中を渦巻いていた。

＊

残されたシュンは、その後ろ姿を見送ってから、背後を見やった。

広い広い景色が、地上の景色が、広がっていた。
それを眺めているうちに、いつしか時は流れて――
空に星が瞬く時間がやってきていた。
ずっとずっと見たかった、
ずっとずっと憧《あこが》れていた、
地上の、星のきらめく空。
シュンは傍らのミミに話しかける。
「いい名前をもらったね」
目を閉じ、見開いて、
「僕の代わりに、どうかアスナを善き場所に導いて欲しい」
それが、シュンが他者へと向けた最期の言葉となった。
一歩前へ。
あとは、独り言に過ぎない。
「――今になって、たまらなく怖いんだ」
満天の星。
美しい、美しい、空。

「でも、同じくらいしあわせでもある」

その海へ。

「手が、届きそうだ」

伸ばした手が、星をつかもうとする。

視界がぶれる。

そして——

# 三話

翌朝がやってきた。

アスナの一日は、基本的に朝食と弁当の準備から始まる。

卵焼き、ウインナー、ほうれん草に夕べの残りのお魚――今日もそのようにしてアスナが弁当を用意していると、外から車の音が聞こえた。

夜勤明けの母が帰ってきたのだ。

「おかえりなさい、お母さん！」

嬉《うれ》しくて、ただいまと言われるより先に声をかけると、母は台所へとやってきた。

「ただいま、アスナ。――あら、お弁当、二つ？」

一瞬、どきりとする。

まさか男の子のために作っているなんて、言えるはずがなかった。

「うん。友達のぶん」

なるべく何気ない風を装いながら言って、弁当の蓋《ふた》を閉じる。いつもよりほんの少しだけ気合いを入れて作ったつもりなのは、母には秘密だ。

「お母さん、朝ご飯食べるでしょ？　ちゃんと用意してあるよ」

「ありがとう、アスナ」

「私も一緒に食べていこうかなあ……」

母と一緒の食事は、アスナにとって少なからず嬉しいものだった。一人の食事ほど寂しいものはない。二人で食べれば、倍は美味《おい》しい気がするのだ——これはアスナが母子家庭で育ったがゆえなのかもしれないが。

しかし母は呆《あき》れたような声で、

「もう食べたんでしょう？」

と言ってくる。

たしかに朝食は済ませた後だ。が、アスナはすぐには引き下がらなかった。

「もう一杯くらい食べられるよ。まだちょっとお腹空《す》いてるし」

母と一緒に食卓を囲みたかった。

それだけなのに。

母は時計を見やってから、アスナに向き直り、

「だめよ。ちゃんと遅れないよう学校に行きなさい」

そう言い残して、ジャケットを脱ぎながら居間の方へと行ってしまった。

「……」

学校に遅れちゃいけないのなんて当たり前だけど、でも、ちゃんと間に合うように行くのに。だから、せめて一緒に食事くらいさせてくれてもいいのに。

アスナが不満げに頬をふくらませたのが見えていたわけでもなかろうが、母の声が居間から飛んできた。

「アスナ」

「？」

なんだろう。

なんであれ、母から話しかけられるのは嬉しい。ちょっとした期待と共に次の言葉を待っていると、続いたのは望外《ぼうがい》の言葉であった。

「今晩、どこか夕食食べにいこうか。私、一日休みだから」

「ほんと⁉」

母と一緒に外食なんていつ以来だろう――思い返してみたけれど、あまりにも前のことすぎて思い出すことができないほどだった。

「それじゃあ、六時までには帰ってくるから！」

「？　六時？　遅くない？　どこに行くの？」

　母の疑問ももっともなところだった。が、男の子に会いに行くなどと言えば心配されるかもしれないし、冷やかされるかもしれなかった。そのどちらも避けたかった。

「友達のとこ！」

　アスナは弾むようにリュックを手に取って、玄関へと向かう。

「それじゃ、いってきます！」

　見送りに来た母がアスナを見やって、すぐに気付いた。

「――アスナ、スカーフは？」

「ん、と」

　正直に言うことはできなかった。

「なくしちゃったの！　購買で買う！」

　アスナはそれだけを言うと、靴に足を突っ込んだ。

「いってらっしゃい」

　母の声を背に、元気いっぱいに玄関から飛び出す。

＊

その日、空は暗い雲で覆われていて、午後になる頃にはひどい雨になっていた。

それでもアスナはシュンに会うために高台に向かった。

シュンはいなかった。

一抹《いちまつ》の寂しさを感じながら、アスナは雨宿りのできる木陰に入り、シュンを待った。

いずれ来るかもしれないから。

(だって、また明日《あした》、って言ったもん)

そう考えて、アスナはシュンが現れるのを待ち続けた。

(雨だから……かな)

もし自分が嫌われたからだったらどうしよう。昨日、自分でも気付かないうちに変なことを言ってシュンの気分を害したのだったらどうしよう。顔も見たくないと思われていたのだったらどうしよう――

そんな暗い想念を、かぶりを振って吹き飛ばした。

結局、母との約束に間に合うぎりぎりの時間まで、アスナはその場から動かなかったけれど、シュンが姿を見せることはなかった。

＊

落胆の気持ちは、びしょぬれになって重くなった服にも似ていた。

とぼとぼと家に帰り、玄関を開けて、家の中に向かって呼びかけた。

「ただいま。お母さん、タオルある？」

バスタオルを持って現れた母は、どこか張りつめたような顔をしていた。

？　何かあったのだろうか？

そんなアスナの思いをよそに、母は尋ねてくる。

「傘、持ってなかったの？」

「うん」

頷《うなず》くと、母はアスナの頭をタオルで拭《ふ》き始める。

「ちょ、自分で拭けるよ」

小学六年にもなって、頭を拭いてもらうなんて。

そう思ってアスナは言うのだが、母はアスナの頭をタオルで拭き続けて――

不意に、アスナを抱きしめた。

「え？　ちょ、お母さん、どうしたの？」

「……アスナ、落ち着いて聞いて」

その声音にただごとでない何かを感じて、アスナは息を呑《の》む。

「……うん」

その声は重く、アスナに嫌な予感を抱かせるのに充分だった。

母は、ゆっくりと、幼い子にかみ砕いて聞かせるように言った。

「あなたのスカーフを腕に巻いた男の子の遺体が、あなたの好きな高台の下の河原で見つかったの。アスナ……その子、亡くなったのよ」

「——」

アスナはその言葉を呑み込みかねて、一瞬の間を置き、とにかく否定しなければならないと思った。

そんなのあり得ない。現実じゃない。受け入れるわけにはいかない。

シュンが、死んだなんて。

「それは、人違いだよ。だって、落ちたりしないもの」

「……アスナ」

「大丈夫、違うもん。心配しないで」

一気に喋《しゃべ》るしかなかった。不安に押しつぶされないために。

「あ、雨だから、外食はまた今度にしない？　私、宿題やっちゃうね」

そう言ってアスナは、自分の部屋へと駆け出す。

「アスナ」

「大丈夫だって」

母の声に背中で応えながら、アスナは階段を上り——

窓から、外を眺めた。

雨の降りしきる世界。

小渕の山の、アスナのお気に入りの場所は、暗くてよく見えない。

「……」

シュンが死んだなんて、信じられるはずがなかった。

# 四話

翌日の学校、六年生の教室は、どこかざわついていた。

池田先生の産休の間の、代任として森崎竜司《もりさきりゅうじ》という先生がやってきたからだ。

眼鏡をかけた、精悍《せいかん》な顔つきの先生だった。

男子は女性教諭でなかったことを残念がって不平を口にし、女子の間では「ちょっとかっこいいかもしれない」というのがもっぱらの評価となっていた。

アスナ自身は、正直に言ってそれどころではなかった。シュンが死んだのかもしれないということが頭から離れず、昨日からそればかり考えていた。

今は国語の時間。モリサキは古事記《こじき》の一節について解説をしている。

「悲しみにくれたイザナギは、地の底にある黄泉《よみ》の国へと旅だった。死んでしまった妻、イザナミを生き返らせるために」

死んでしまった妻を生き返らせる。

その言葉にアスナは敏感に反応した。

死んでしまった人間を生き返らせることなんて、本当にできるのだろうか？

モリサキは続ける。

「深い地の底でイザナギはイザナミに再会するが、イザナミは言う。

『私は既に死者の国の住人となってしまいました。でも、黄泉の神の許しがあれば、あなたのもとに帰ることができます。ですが、そのためには一つだけ条件があります。私が神と話をしている間、けして私の姿を見ないでください』

しかし、イザナギはその約束を破ってしまい、黄泉の扉を開けてしまった。妻はついに、イザナギのもとへは戻らなかった。古事記に描かれた神話の一節です」

ぱたりと教科書を閉じて、モリサキは続ける。

「恋人を生き返らせるために地下に潜る伝説や神話は、世界中に存在します。黄泉の国、ハデス、シャンバラ、アガルタ」

「――っ」

アスナが弾《はじ》かれるように教科書から顔をあげる。

アガルタ。

シュンがやってきたという場所の名前だった。

モリサキは、アスナが表情を変えたことに気が付き、しかし、何事もなかったかのように授業を進行させる。

「呼び方は変わりますが、全て地下世界の存在を示唆《しさ》しています。かつて人は、地下にこそ人間の死の秘密があると考えていたのです」

＊

アスナは放課後、図書室にやってきていた。

もしかしたら、シュンを生き返らせることができるかもしれない——

そんな荒唐無稽《こうとうむけい》なことを真剣に考えていたわけでもなかったが、モリサキの授業の内容が気になって、アガルタについて調べたかったのだ。

だが、いくら歴史がある小学校とはいえ、しょせんは小学校の図書室であった。地下世界の伝説などというものに触れている本はほとんどなく、モリサキの言っていたとおり、世界の各地にそういった伝承がある、という程度のことが書かれた本があったきりで、他には何も発見できなかったのだ。

いくらか気落ちして図書室を後にし、どうしようか、いっそのこと森崎《モリサキ》先生に聞いてしまうのはどうだろうか——などと考えていると、

「アスナちゃーん、帰るの？」

またも、ユウに声をかけられた。

「ユウちゃん」

嬉《うれ》しくて、声が弾むのを、必死で抑えた。この程度のことで浮かれる変なヤツだと思われてしまったら困る。

「一緒に帰らない？」

誘われたのが死ぬほど嬉しかった。

嬉しかったのだけれど、同時に困惑する。どうしてユウちゃんは自分なんかを誘ってくれるのだろう。それは私の駄目なところを知らないからではないのだろうか？もし会話をして、もっと自分について知られたら、嫌われてしまうのではないだろうか——？

「あ、え、と」

断らなくちゃ。

なぜかそんな思いに駆られて、

「わ、私、ちょっと、森崎先生に聞きたいことがあるの」

嘘ではなかった。

先ほどまでは迷っていたが、言ってしまった以上は本当にすればいいのだ。

が、ユウは微笑んで、

「じゃあ、私、待ってるよ。そんなに時間、かからないでしょう?」

「え、あ、」

先生への質問なんて、たしかに、普通はそんなに時間がかかるものではない。ここでヘタに断ったら、嫌われる原因になるのではないだろうか。

「じゃ、じゃあ、うん、待ってて」

どきどきした。

今日、ユウちゃんと、一緒に下校する。

通学路は、どこまで一緒だろう。その道中でどんな話をすればいいのだろう。

アスナがそんなことを考えていると、ユウは少し声をひそめて、

「でも私、森崎《モリサキ》先生って少し苦手かも。今日の授業も、なんか怖くって」

「怖い?」

意外だったけれど——たしかに、そうなのかもしれない。

死者がなんたらとか、その復活がどうとか、普通の子は怖がるものなのかも。

そう思って、頷《うなず》こうとしたところで、ユウは続けた。

「——さっき、池田先生が話してるのを聞いちゃったんだけど、森崎先生の奥さん、死んじゃってるみたいなの」

ユウが何を言わんとしているのか、アスナは敏感に察知した。

今日の授業内容。

亡くなった先生の奥さん。

それを並べれば、答えはすぐに出る。

——先生は、奥さんを生き返らせたがっているのではないか。

ユウはそう言っているのだろう。

そう、自分が、シュンを生き返らせることができないか、と考えているように。

「……どうしたの？　アスナちゃん」

ユウが心配そうに声をかけてきた。どうやら考えに沈んでしまっていたらしい。アスナは慌ててかぶりを振って、

「な、なんでもない。それじゃあ、行ってくるね」

「うん」

ユウを背後に、職員室の前に立つ。

どうして悪いことをしたわけでもないのに、職員室というのは緊張するのだろう。

アスナはそんなことを思いながら、扉をノックする。

「失礼します、森崎《モリサキ》先生はいらっしゃいますか？」

そうしてアスナは職員室へと入っていったが——

結果は、空振りに終わった。

「森崎先生なら、もう帰られたわよ」

池田先生にそう言われ、アスナは肩すかしを食らった気分になる。しかし——シュンを生き返らせる方法があるのかもしれないのなら、一刻も早くそれを知りたかった。

その思いが、アスナに次の言葉を紡がせていた。

「あ、あの」

「なに？」

「森崎先生のお住まい、教えていただけませんか？」

突然の申し出にもかかわらず、池田先生は森崎先生の自宅の場所を丁寧に教えてくれた。よほど聞きたいことがあるのだろう——と、そう察してくれたからでもあっただろう。

職員室を出ると、そこにはユウが待っていた。

ユウを待たせていたことなど半分忘れかけていたアスナは、慌てて、

「あ、ご、ごめん、待たせちゃったよね」

と言ったのだが、ユウは笑顔で、

「ううん。もっとかかるかと思ってた」

などと嬉しいことを言ってくれる。

もっと時間がかかると思っていて、それでも待ってくれるつもりでいたのだ。

とにかくお礼を言わなければと思うのだが、なんと言っていいのかわからず、

「え、と、うん。森崎先生、もう帰っちゃったんだって」

アスナはそれだけをようやく口にした。

お礼を言えなかったことを死ぬほど後悔した。

だが、ユウはそれも気にした様子はなかった。

「それじゃあ、帰ろっか?」

「う、うん」

そして、アスナはユウと一緒に下校した。

ろくに会話らしい会話はできなかった。色々と話しかけてくれるユウに対して、アスナがそれに答える。それが全てだった。

会話を続けるためには相手に質問を促《うなが》すような返答をするか、逆に質問をするとい

い——などということを何かの本で勉強していたアスナであったが、それはちっとも役に立たなかった。

「えっと、それじゃあ、私、こっちだから」

そうこうしているうちに、ユウとの別れ道についてしまった。

アスナは今日もろくな会話ができなかったことを悔やみ、沈鬱《ちんうつ》な気分で、

「うん、また明日《あした》」

と、なんとか最後だけは笑顔を作ることができた。と思う。

そして。

ユウと別れた後、アスナは少しだけ時間をおいてから、来た道を引き返した。

なんとなくユウには知られたくなかったが、森崎《モリサキ》先生の家はそちらなのだった。

どうしても、アガルタについて知りたかった。

それも、少しでも早く。

気になって、気になって、仕方がなかったのだ。

＊

モリサキの自宅は古びたアパートの一室で、その頃、モリサキは独り、タイプライターで報告書を書いていた。

タイプライターである。

アルファベットしか打てないのである。

であるからして、その文面は外国語であり、いうまでもなくその報告書は「森崎先生」から学校へ向けてのものではなく――

彼が「モリサキ中佐」と呼ばれている組織へ向けてのものであった。

不意に、その手が止まる。

机の上に置かれていた、手回し式のオルゴールに視線が向けられたところで、インターホンが鳴った。

「……」

モリサキが玄関の扉を開けると、そこに立っていたのは、アスナであった。

アスナは「先生」の自宅を訪ねるのなんて初めてのことで、死ぬほどどきどきしていたのだが、それでもインターホンを鳴らしてしまった以上、目の前にモリサキが出てきてしまった以上、言葉を紡がないわけにはいかなかった。

「あの、すみません、私、先生にお聞きしたいことがあって」

「ああ――ええと、渡瀬アスナくん、だったかな？」

「は、はい」

「まだ生徒の名前を完全に憶《おぼ》えているわけではなくてね。間違っていたらどうしようかと思っていたよ」

　モリサキは快くアスナを迎え入れ、居間のテーブルに案内してくれた。

　居間――というよりも、リビングといったほうがいいのかもしれない、とアスナは思い直した。椅子のあるテーブル。クローゼットにティーセット。どれもアスナにとってはあまり見慣れないものばかりであった。

　部屋のあちこちにうずたかく本が積まれているのは、先生の家というのはどこもこういうものなのだろうか、と思う。

「コーヒー、飲むかい？」

　優しい不意打ちだった。

　アスナは慌てて、

「え、あ、は、はい。ミルクを入れていただければ」

　モリサキはインスタントのコーヒーをいれると、その片方にはミルクを多めに入れて、テーブルの上に置いた。その向かいにもう片方のコーヒーを置いて、椅子に座る。

「ありがとうございます」

アスナはコーヒーの礼を言ってから、そうだそういえば何も話していなかった、早く何か言わなければ、と思い、とにかく挨拶《あいさつ》を済ませなければならないという結論に落ち着いた。

「──と、突然お邪魔しちゃってすみません。池田先生からお住まいを聞いて」

「見ての通りの一人暮らしだ。遠慮はいらない。越してきて間もないから、本ぐらいしかないのだが──」

モリサキは優しく言ってから、中指で眼鏡を押し上げて、

「それで、聞きたいことというのは？」

「──」

アガルタとか、死者の蘇生《そせい》とか、そんなことを口に出すべきではない。

アスナは一瞬でそう判断して、

「あ、あの、今日の授業のことなんですけれど」

言うと、モリサキは笑みを浮かべた。

「君はずいぶん熱心に聞いていたね」

どことなく、禍々《まがまが》しい笑みを。

「生き返らせたい人でも、いるのかい？」

「――っ」

何も言うことはできなかった。

シュンを生き返らせたい気持ちは、ないと言えば嘘になる。

だけれどもそれを口にしてしまうのは、なんとなく――そう、危険だと感じたのだ。

しかしアスナの沈黙を、モリサキは肯定と判断したようだった。

そして、言う。

「アガルタから来たという少年に会ったのは、君か」

「え……」

どうしてそれを。

困惑するアスナの前に、モリサキは一冊のノートを差し出した。

「これを見なさい」

表紙に書かれた文字は「Mizonofuchi Report」

そこまではいいのだが――

その下には、赤いインクで、［CONFIDENTIAL］と印が押されていた。

機密文書。

これを読んだら引き返せなくなる——ということに、アスナは気が付かなかった。

アスナはページを開く。幾枚かの写真の貼られたページを、よく意味もわからずに繰っていって——一枚の写真を見て、小さく声をあげてしまった。

そこには、あのクマのようなバケモノの死体が写っていたのだ。

アスナがその写真に目を留めたことに気付いて、

「我々はそれをケツァルトルと呼んでいる。アガルタへの入り口を守る門番だ」

モリサキは言い、続けて別の一冊をアスナの前に開いた。

「もう一つ。これをどう思う？」

社会科の資料集のようなその本には、異形《いぎょう》の像の写真がいくつも載っている。一言では言いあらわせないが、既知の生物とは何かが異なっている。

「さっきのと、少し似ています」

アスナの言葉に、モリサキは頷《うなず》いた。

「三千年前の、シュメリアの古い神の像だ。かつて世界にはあらゆる場所にこのような神がいて、まだ幼かった人類を導いていた。それがケツァルトルだ」

「ケツァルトル……」

アスナが小さく繰り返し、モリサキは再び頷く。

「やがて人類は成長し、神々の存在は不要になった。役割を終えたことを悟ったケツアルトルたちは、門番を残して地下に潜った。いくつかの氏族を従えてね」

「氏族？」

馴染《なじ》みのない言葉に、アスナが疑問の声をあげる。

モリサキはそれについては解説を加えず、

「少数の人間が、ケツァルトルと共に地下に下りたという。それが地下世界アガルタだ。アガルタには失われた神々の叡智《えいち》がいまだ残され、あらゆる願いが叶《かな》う場所があるという」

そのときモリサキが浮かべた笑みは、どこか不敵な——とでもいえばいいのか、アスナがそこに恐怖さえも覚えるようなものだった。

モリサキは、そして、言った。

「——そう、死者の復活さえも」

死者の復活。

アスナは、ごくりと唾《つば》を飲んだ。

「あの、アガルタって、本当に」

あるんですか？　聞こうとしたアスナの言葉は、尻《しり》つぼみに小さくなって消えた。

「さあ、ただの伝説かもしれない。さまざまな説があるが、私はただ——そう、研究しているだけだからね」

「でも」

——先生は、奥さんを生き返らせたいんじゃ。

今度も、アスナの言葉は、紡がれることはなかった。モリサキが立ち上がったため、遮《さえぎ》られるかたちになってしまったのだ。

「さあ、もう帰りなさい。暗くなってしまう」

「……先生」

アスナは——シュンの言葉を信じたからか、シュンを生き返らせる可能性を信じたかったからか、どちらなのかは自分でもわからなかったが——

口にしていた。

「私は、アガルタって、きっとあると思います」

モリサキはそれをどう捉《とら》えたのだろうか。

ただ、先ほどまでのどこか熱のこもった口調はもう消え失せて、

「——すぐ夜になる。寄り道せずに、まっすぐ家に帰りなさい」

それはもう、完全に生徒を思う教師の声に戻っていた。

＊

帰り道。
いつもの踏切で、アスナはミミを見かけた。
「ミミ！」
アスナの声を聞いた途端、ミミは線路に沿って走り出した。
なぜだかそうしなければならない気がして、アスナはミミの後を追って走り始める。
ミミはどんどんと先へ走っていく。
「待ってよ！」
いつもなら。
いつもなら、ミミは自分のいうことを聞くのに。
——ミミが自分のいうことを聞いてくれなくなったのは、いつからだろう。
考えて、すぐに思い当たる。

シュンが現れた、あのときからだった。

「ミミ！」

全速力で走る猫に追いつけるはずもなく、アスナはやがてミミの姿を見失った。

見失ったとき――

アスナは、鉄道橋までやってきていた。

そして、気が付く。

見上げた山の中腹、アスナのお気に入りのあの高台に、青い光がきらめいたことに。

「……！」

アスナは歩き出す。

何かの予感のようなものに急《せ》かされて。

その歩みはだんだんと速くなり、ついには駆けだして、高台へと向かう。

あの青い光。あれは、シュンが持っていた宝石のものに違いない。

だとすれば――

アスナが息を切らせながら高台へとたどり着くと、そこには、見慣れない革のマントを羽織り、民族服のようなものを着た、
シュンが立っていた。

アスナの気配に気付いたシュンが、振り返る。

その胸に、あの青い宝石が光っていた。

「……っ！」

アスナは泣き出しそうになりながら、シュンに駆け寄る。

「シュンくんっ！」

その手をとって、ただ喜びに任せて。

「シュンくん、シュンくん、やっぱり！」

生きていたんだ。

高台から落ちたりなんか、しなかったんだ。

アスナは喜びに胸を弾ませながら、そう叫んだのだが——

しかし。

シュンの反応は、アスナが期待していたいかなるものでもなかった。

シュンは、アスナの手を、乱暴に振り払ったのだ。

そして、言う。

「誰だ、お前」

シュンは警戒心を露《あら》わに言ってから、わずかに間を置いて、独りごちる。

「……あいつ、地上人と接触したのか」

「シュンくん……？」

アスナの呼びかけに、シュンはかぶりを振った。

「あいつはもういない。起きたことは全て忘れろ」

アスナには、何が何だかわからなかった。

混乱する頭で、アスナがシュンに向けて次の言葉を紡ごうとしたとき、
いきなり、高台の目の前に、ヘリコプターが現れた。

巻き起こる風と、無遠慮にこちらへ向けられるライト。それらから咄嗟《とっさ》に顔を守る
アスナの前で、シュンが言った。

「アルカンジェリ……！」

シュンはマントをひるがえし、アスナにむけて告げた。

「俺はもう行く！」

そして、しかし――

シュンが立ち去ろうとした先には、軍服のようなものを着た男が三人、それぞれ銃
を構えて立っていた。小さく舌打ちをして、シュンは足を止める。マスクとゴーグル
をしているために、男たちの顔はわからない。

中央の男が、一歩、こちらに歩み出た。

「アガルタの少年か」

そう言って、右手を前に差し出す。

「クラヴィスを渡してもらおう」

アスナには状況がさっぱり呑《の》み込めない。

銃？

本物、なのだろうか？

あまりの急な展開についていけず、アスナが小さく、

「何……この人たち」

呟《つぶや》いたとき、ヘリがゆっくりと動き出した。それが軍用ヘリであることにアスナが気付いているはずもなかったが——機関銃が確かに二人を狙っていた。

「くそっ！」

シュンはアスナの手をつかんで、男たちとは逆方向へ駆けだした。

咄嗟に銃を撃とうとした二人を、中央の男が制止する。

シュンは高台から大きく跳躍、空中でアスナを抱きかかえ、そのまま森めがけて落下する——常人であれば、間違いなく死を覚悟する高さだ。が。

「きゃああ！」

アスナの叫びをよそに、シュンは森の木々の枝をクッションにして落下の勢いを殺し、土の上に着地、そのまま走り始める。

それを確認してから、ヘリの機関銃が地面を掃射《そうしゃ》して砂埃《すなぼこり》をあげる。

シュンがその全てを回避した——わけではない。

「当てるなよ」

先ほどの男が、そう指令を出していたのだ。

「このまま『門』まで案内させる」

走っていく二人は、無論、その意図など知るはずもない。

＊

岩戸、だった。

シュンがいなければ、単なる洞窟《どうくつ》の行き止まりにしか見えなかったに違いない。

全身の力をこめて、シュンが岩戸を横へと押し開く——隠されていた通路がそこに現れる。シュンの胸の宝石が、青い光を放っていた。

「……その宝石」

「クラヴィスだ。俺はこれを取り戻すために地上に来たんだ」

シュンは素っ気なく言って、洞窟の奥へ向かって歩き出す。

アスナはまだ困惑のまっただ中にいたのだが、先ほどの兵隊のような男たちを相手に穏便《おんびん》に済むとも思えず、仕方なしにその後に続く。

「これで奴らは入ってこられない。出るためにはクラヴィスは必要ないから、朝を待って家に帰れ」

「地上って」

シュンの後を追いかけながら、アスナは尋ねる。

「やっぱりアガルタって、地下にあるの？」

「……そんなことまで聞いているのか」

どこか呆《あき》れているような、驚いているような、そんな口調だった。

「シュンくん……もしかして、記憶喪失？」

「俺は――」

言いかけたシュンが、地面を蹴《け》り、アスナを抱えて跳んだ。一瞬遅れて天井が崩れ、再びヘリからの機関銃が二人を襲う。

——いや、違う。

シュンは瞬時に判断する。

機関銃はあくまでも、洞窟への入り口をこじあけるためだ。

「くそ——奴ら、入ってくるぞ！」

どんどん歩を進めていくシュンの後を追って、アスナも洞窟の奥へと進んでいく。

一体どれほどの広さがあるのか——洞窟はときに縦穴となり、ときには小さな池のようになりながら、遥《はる》か奥へと続いていく。

——もう、自分一人では戻れないだろう。

そう思ったアスナは、

「ねえ、一体どこまで——」

言いかけて、言葉を呑んだ。

そのとき岩壁から姿を覗《のぞ》かせていたのは、何かの化石だった。「何か」と表現したのは、アスナが無知だったからではない。地上の生物とは決定的に何かが異なる、今までに目にしたことのある化石とは全く別の、異形のものだと思われたからだった。

「どうした、早く来い！　追いつかれるぞ」

「シュンくん、この洞窟って」

「俺はシュンじゃない」

どんどんと洞窟の奥へ進みながら、シュン——ではない少年は語る。

「本当はお前を助ける義理だってないんだ」

「……どうしちゃったの？」

まるで人が変わってしまったようだ、とアスナは思う。

あのときのシュンは、あんなに優しかったというのに。

まさか、本当に——

「ねえ、シュンくんじゃなければ、誰なのよ！」

本当に、シュンではないのだろうか？

そう思ったとき、少年が右手でアスナを制した。

「静かに。お前はここにいろ」

「……何？」

少年は胸の宝石——クラヴィスを外して手にしながら、

「門番だ」

洞窟が、一際広くなっていた。

学校の体育館だって楽に入ってしまいそうなその穴の中に、奇妙な生物がいた。

ワニのような、トカゲのような。それでいて、カバのようでもある巨大な巨大な生き物。その体軀《たいく》は、高さ数メートル、全長十メートル以上はあっただろうか。

門番。

最近、その言葉を聞いた気がする――

――やがて人類は成長し、神々の存在は不要になった。役割を終えたことを悟ったケツァルトルたちは、門番を残して地下に潜った。

モリサキの言葉だった。

では、これが、ケツァルトル？　本物の？

少年は言う。

「門番は、昔、人間の導き手だったんだ」

モリサキと同じことを。

「でも、地上の穢《けが》れた空気のせいで、今ではほとんど心を失っている」

そう言って、少年はケツァルトルの目の前でクラヴィスを揺らした。

「思い出してくれればいいが――」

瞬間、

ケツァルトルが牙《きば》を剝《む》き、少年に嚙《か》みつこうとした。少年は身を翻《ひるがえ》し、腰から引き抜いた短刀でケツァルトルの顎《あご》を弾《はじ》く。金属同士がぶつかりあったような澄んだ音が響き、ケツァルトルには傷一つつかない。

「くっ……」

ケツァルトルはそのまま力任せに少年に襲いかかり、両者の姿が土煙の中に消える。

「シュンくん！」

アスナは思わず叫んだが、少年は無事だったようだ。すぐに、

「そこにいろ！」

返事があった。駆け寄りかけたアスナの足が止まる。

そこから、少年の胸のクラヴィスが激しい光を放つのが見えた。

ケツァルトルが瞬間的に脱力したのを見逃さず、少年はケツァルトルの顎を蹴り上げ、そのまま背後へと宙返りして間合いを取る。

「大丈夫⁉」

「まだ終わりじゃない」

駆け寄ったアスナの首に、少年は手にしていたクラヴィスをかけた。

「クラヴィスを持っていてくれ。殺したくないんだ」

それだけを告げて、再びケツァルトルめがけて駆け出す。

「なんとか眠らせる……！」

少年はケツァルトルの前に飛び出した。

ケツァルトルが咆哮《ほうこう》をあげ、少年めがけて突進してくる。少年はその体当たりをぎりぎりでかわすと、身体を半回転させた勢いを乗せて、ケツァルトルのこめかみに肘《ひじ》を叩《たた》き込んだ。ケツァルトルの頭部が大きく横に揺れ、少年は跳躍《ちょうやく》、その頭に飛び乗ると、両の手をハンマーのように叩きつける。頭部に連続して打撃を受けたためだろうか――ケツァルトルの巨体が、ずうんと大地に沈む。

「どうにかなった……か」

少年は肩で息をしながら、満足げに息をついた。

「アスナ、クラヴィスを――」

そういって少年が振り返った、ときだった。

ケツァルトルは、まだ気を失ってはいなかった。横薙《よこな》ぎに振り払った尾が少年の身体を吹き飛ばして、岩壁へと叩きつける。

「シュンくん！」

慌ててアスナが駆け寄る――

そこへ、ケツァルトルもまた、突進してきていた。

巨大な口が開かれて、アスナが死を覚悟した瞬間、
聞き慣れない破裂音が連続して三回、鳴った。

そして、ケツァルトルの側頭部から血が噴き出す――

（え……？）

状況がわからないままにアスナが見やった先に、先ほどの、軍服のような服を着た
男たちがいた。その手にした拳銃《けんじゅう》から硝煙《しょうえん》があがっていた。

「ケツァルトルがいるとは……」

男の一人が言った。

「やはり、ここが入り口か」

本物のピストル？　嘘でしょ？

――とにかく逃げないと。

アスナはそう考えて、少年に肩を貸して立たせた。その身体を支えながら、さらに
洞窟《どうくつ》の奥へと逃げようとするのだが、その歩みは遅々として進まなかった。

三人の中央の男が、ケツァルトルを眺めながら冷静に言うのが耳に入った。

「こいつは――」

「……何です？」

男の一人が尋ねる。

「五千万年前の太古の鯨だ。殺せ」

「しかし、シルシは全て回収しろと」

「クラヴィスが手に入れば文句は出まい。やれ」

男が言って、横の一人が機関銃を構えた。

「――やめろ!」

それを見た少年が叫ぶが――

無数の銃弾が容赦なくケツァルトルを襲った。

それを背後に、中央の男が少年とアスナに歩み寄ってくる。少年はアスナの肩から離れると、力なくアスナを守るように立ちながら、短刀を構える。

背後は岩壁。逃げ場はなかった。

男は銃を構え、アスナに向けて言う。

「クラヴィスを持ったまま、こちらへ来い。さもなくば少年を殺す」

「行くな」

少年が小声でささやいた――瞬間、男が発砲した。少年のすぐ横で、岩が弾けた。

「ここで二人とも殺すこともできる」

「……シュンくん」

少年は、しばし無言だったが――

男には聞こえないように、再びささやいた。

「隙《すき》を見て助ける」

相変わらず、何が何だかわからなかった。このクラヴィスとかいう石が、そんなに貴重なものなのだろうか？

ともあれ、今は少年の言うことを聞くしかなさそうだった。アスナは小さく頷《うなず》いて、男に向かって歩を進める。彼我の距離、およそ十メートル――

と、
クラヴィスが、突然に光を放った。

同時に、アスナのすぐ傍の壁が、同じく発光を始める。

（え……何？　何⁉）

アスナが驚きに足を止めるが、男は冷酷に告げる。

「止まらずに来い」

その背後で、男たちが横たわるケツァルトルを踏みにじりながら、とどめとばかりに銃弾を撃ち込んでいた。中央の男はそれに向かって、

「ここで少年を見張れ」

とだけ言った。男の一人が、

「あれが扉ですか？」

「おそらくな。南極の例では、爆薬も削岩機も効かなかったそうだ」

だが――と呟《つぶや》きながら、男はアスナの背を押して、「扉」と呼ばれた岩壁に近づいていく。

岩の一部が、強烈な光を放っていた。

「クラヴィスで、その光に触れてみろ」

アスナは息を呑《の》み、震える手でクラヴィスを手にする。

どうしよう。なんだか恐ろしいことが起きそうな気がする。この男の言うことを聞いてもいいものなのだろうか。いや、よくはないはずだ、きっと。

「どうした。やりなさい」

しかし、今はそうするしかなかった。

アスナは、恐る恐る、クラヴィスの先端を光と接触させた。

同時に、魔法のように。

「扉」と呼ばれた岩壁が姿を消して、その奥に石造りの通路が広がった。通路は整然としており、しかし時がそうさせたのか、あちらこちらから植物が生え、石自体も摩《ま》耗《もう》していたが、遺跡と呼ぶのにはあまりにも綺《き》麗《れい》すぎるような気がした。

男が感嘆の息を吐く。

「狭間《はざま》の海だ……ついに、手が届く」

そう言うと、男はおもむろに、少年に銃を向けていた二人の男に銃口を向けた。

「同行ご苦労」

男たちが驚きの声をあげる。

「中佐、何を――」

「ここからは、私一人で行く」

男はアスナの背を引いて、注意深く「扉」の向こう側へと足を踏み出す。

「エウロパの老人たちによろしく伝えてくれたまえ」

そして、再び岩壁が姿を現――

その瞬間、生まれた隙を、少年は見逃さなかった。

身を低くして一気に駆け出し、二人の男が慌てて発砲するが、それは少年を捉《とら》えることなく、結果として「扉」がもとの岩壁に戻ったとき、
その内側には、男と、アスナと、少年の三人がいた。

「シュンくん！」

「アルカンジェリ！」

短刀を構える少年に、男はあっさりと銃を投げ渡した。

そのあっけなさにぽかんとしていると、男はアスナの背を押して、解放の意を示す。

アスナは慌てて少年のもとへと駆け寄る。

少年はアスナを再び背後に、警戒を解かずに短刀を構えたまま、

「どういうつもりだ？」

と尋ねた。

それには答えず、男は無造作にマスクを脱ぐ。

中から現れたのは——

「森崎《モリサキ》先生⁉」

そう。赴任してきたばかりの教師、森崎竜司であった。

「ここまで来た以上、君と敵対する理由はない」

モリサキは、打って変わって穏やかに言う。

「私は、アガルタに行きたいだけだ」

アガルタ。その単語に、アスナが息を呑む。

少年はなおも警戒を解かないまま、モリサキに向けて言い放つ。

「アガルタは滅び行く場所だ。お前たちアルカンジェリが期待するようなものは何もない」

しかしモリサキは、その瞳《ひとみ》に強固な力を宿らせて、

「私が欲しいのは不死の秘密でも古代の叡智《えいち》でもない」

口にする。

その瞳とその言葉から、強靭《きょうじん》な意志が感じられた。

「……ただ、妻を生き返らせたいだけだ」

——やっぱり、森崎《モリサキ》先生は、奥さんを生き返らせたかったんだ。

アスナは思う。

だとすれば、この先に「アガルタ」があるということなのだろうか？

「……」

少年はモリサキとしばし対峙《たいじ》していたが——やがて、その短刀を腰の鞘《さや》に戻した。

「どうしようが勝手にしろ。俺の役目はクラヴィスの回収だけだ」

そして、アスナの首からクラヴィスを外し、自分が身につけながら、

「お前、名前は？」

聞いてくる。常に優しい口調だったシュンとは違う、ぶっきらぼうな声だった。

「……アスナ」

「俺はシン。シュンの弟だ」

「シン……じゃあ、シュンくんは」

「兄は死んだ。地上では長くは生きられないことは覚悟で、掟《おきて》を破って外に出た」

シュンは、死んだ。

その言葉を、呪いのように反芻《はんすう》する。

少年――シンはそれを気に留めた様子もなく、

「俺はもう行く。出口はクラヴィスなしでも開く。朝になるのを待って帰れ」

そこまで言ってから、アスナを振り返り、

「巻き込んで悪かったな、アスナ」

そしてシンは、初めて、笑みを見せた。

シュンそっくりの笑顔だった。

胸が痛かった。

せっかく。せっかくシュンが生きていると思ったのに。

シンはもう振り返ることはなく、そのまま地底湖の中へと歩いて消えていく。

その奇妙な様子を疑問に思う間もなく、

「君には怖い思いをさせたな」

モリサキが銃を拾い上げながら言った。

「森崎《モリサキ》先生、どうして」

「アルカンジェリという名前を知っているか？」

その問いに、アスナはかぶりを振る。

「――いえ」

「アガルタの存在を把握している唯一の組織だ。地下世界の叡智を得て、人類を善き方向へと導こうとしている」

モリサキは眼鏡を押し上げながら、

「私はそこの一員で、十年間アガルタへの入り口を探していた」

「――でも、一緒にいた人たちは」

「アルカンジェリの実際は、空疎なグノーシス主義者の集まりだ。神や世界の真理に私は興味はない」

アスナにはモリサキの言っていることは半分も理解できなかったが――

モリサキがきっぱりと言った、これだけはわかった。

「目的は妻を蘇《よみがえ》らせることだけだ」

妻を、蘇らせること。

死んだ人を、生き返らせる。

そんなことが、本当に、できるのだろうか。

「私はこのままアガルタに行き、その方法を探す。危険な目に遭わせてすまなかった」

そして、モリサキもまた、シンと同様に地底湖へと足を踏み入れる。

身体の中ほどまで湖に浸かったところで、その水をすくいとって口へと運び、

「やはりヴィータクアか」

アスナには、やはりわからないことだらけだった。

シュンのこと、シンのこと、モリサキのこと、アガルタのこと、死者の復活のこと。

だけれども——

「……先生！」

アスナは叫んで、モリサキのもとへと駆けだした。

「先生、私も行きます」

「何故だ。死んだ少年を生き返らせたいのか？」

「それは……わかりませんけど」

自分がどうしたいのか、自分でもわからない。

「でも！」

その言葉の先は、出てこなかった。

自分の気持ちに整理がついていない。それは確かだった。しかし、今、モリサキについていかなければ、アガルタに行くことはできなくなってしまう。

そう、きっと、永遠に。

「危険な旅になるかもしれないし、いつ戻れるかもわからない。それでもいいのか？」

モリサキに問われ——

アスナは、頷《うなず》いた。これだけは、強い気持ちを込めて。

「はい」

その返事を聞いて、モリサキはアスナに手を差し出した。

「来なさい」

アスナは恐る恐る、その手を握り、地底湖へと足を踏み入れる。

「これはヴィータクアという太古の液体だ。浮力はほとんどなく、肺を満たせば呼吸もできる。アガルタは、この底にある」

モリサキはどんどん進んでいく。

すぐに、湖がアスナの胸ほどまで深くなる。

アスナはわずかに抵抗するが、モリサキの歩みは止まらなかった。

「え、先生、ちょっと待って、」

「大丈夫だ！　水を飲めば息ができる！」

そう言われても、怖いものは怖い。常識に照らし合わせれば、水の中で息などできない。

だがモリサキは、水――ヴィータクアをかきわけながら、早足で進んでいく。

「大切なものを、取り戻すためだ！」

おそらく――

後になって、アスナはこのときのことを思う。

モリサキにとって、この瞬間は、永く、永く、待ち望んでいたものだったのだろう。

十年間という歳月をかけてアガルタへの道を探し続け、それがようやく見つかったというときだったのだから。

「覚悟を決めろ！　アスナ！」

そして、アスナは強引にヴィータクアの中へと潜らされて――

気付く。

息ができている。

モリサキは一転して優しい笑みでアスナを見つめたのち、再び歩き始める。

湖の中には、ずっとずっと長い階段が続いていて、左右には遺跡めいた石造りの建造物の数々が立ち並んでいた。

それらを横目に階段を進んでいくと、やがて階段は唐突に途切れ、その先は、どこまでも底の見えない穴になっていた。

根源的な恐怖を感じる。

アスナは一瞬だけ躊躇《ちゅうちょ》したが、
モリサキはアスナの手を取って、一気にそこを飛び降りた。

深く、深く、暗闇の底へと。

*

アスナは、そのとき、夢を見た気がした。

見覚えのある縁側に座る二人の男女。

妊娠しているらしい、お腹の大きな女性が、言った。

「この子の人生が、しあわせであることを祈るわ」

男性が、微笑む。

「大丈夫」

そのお腹を優しく撫《な》でて、

「生まれ落ちるだけで、命はもう充分にしあわせだよ」

# 五　話

目覚めて最初に視界に入ったのは、古びた石造りの天井だった。

それから自分の胸の上にミミが乗っているのに気付き、その背を撫でながら身を起こす。

改めて周囲を見渡す——緑の木々に浸食されつつある太古の建造物。そんな表現がぴったりくるのではないかと思われる、広場だった。

そうだ——私、あのなんとかいう水の中に、深く深く潜っていって——

「目が覚めたか」

かけられた声に振り返ると、そこにはモリサキが立っていた。

モリサキはミミを顎《あご》で示し、

「そいつは君のリュックから出てきたんだ。君が連れてきたのか？」

「……いいえ。あんた、いつの間に」

アスナの非難めいた声に、まるで媚《こび》を売るように、ミミは顔をすり寄せてくる。

「最後まで連れていく余裕はないかもしれないぞ」

無造作に放たれたモリサキの言葉に、

「最後まで、連れて――」

アスナはオウム返しに呟《つぶや》いて、

「っ！　先生、ここって！」

アガルタなんですか？

問いかけたその言葉に、モリサキは答えなかった。かわりに、

「向こうの階段が通れそうだ。行くぞ」

さっさと歩き出したモリサキの後を追って西洋の古城のような階段を上っていくと、やがて通路は緑に覆われた屋内庭園のような場所にたどり着いた。

「――先生、」

「ああ」

言いかけたところで、返事をされてしまった。ドーム状になっている屋内庭園には出入り口が二つしかなく、先へ進むためには奥にある通路に向かう他はない。――のだが。

その通路の前に、鹿のような生き物が座っていた。

ような、と思ったのには理由がある。その角はアスナの知っているどの鹿よりも曲がりくねって高々と天を示していたし、その背には、あのクマのようなバケモノ――ケツァルトルにもあったような、幾何学的な模様が描かれていたからである。

「おそらく門番だ。ケツァルトルだな」

あれもケツァルトルなんだ――とアスナは思う。

しかし、不思議とクマのときのような恐怖は感じなかった。単純に肉食獣の姿をしているか草食獣の姿をしているかの違いなのか、そうではないのか、アスナには判別が付かなかったけれど。

「こっちを見てる……」

呟くと、モリサキはすぐに、

「正面から行くしかないな」

そう言って、銃を構えようとした。

――殺すの？

アスナがそれを制止しようかどうか迷った瞬間、不意にミミがアスナの肩から飛び降りて、そのケツァルトルのもとへ駆け寄った。

「ミミ！」

追いかけようとしたアスナを、モリサキが手で制する。

ミミは、ケツァルトルに襲われるようなことはなかった。鹿のようなケツァルトルは、頭を垂れ、ミミと鼻先で向かい合う。

そして——

ミミが無造作にケツァルトルの頭の上に飛び乗ったけれど、ケツァルトルが暴れ出すようなことはなかった。それどころか、まるで「通れ」とでも言わんばかりに、通路の入り口からどいてくれる。

アスナとモリサキは、慎重に通路へと向かいながら、

「ミミ、おいで」

「——アスナ」

モリサキは警戒していたが、アスナはそのケツァルトルを怖いとは思わなかった。ただの牛や馬でも近寄れば怖く感じるときがあるのに、不思議なものだと思う。

アスナはケツァルトルのすぐ横まで歩み寄り、ミミに向かって手を差し出す。

「ミミ」

にゃおん、と返事をして、ミミがアスナの肩に飛び乗った。

ケツァルトルは、どこか優しい視線でアスナを見つめたまま、じっと動かない。

「アスナ、いくぞ」

見ると、既にモリサキが通路の内部に入っていた。

アスナが小走りについていくと、モリサキは笑みを浮かべる。

「案外、そいつも役に立つかもしれんな」

そして、遺跡のような通路を抜けると——


そこには広大な景色が広がっていた。

遥《はる》か地平線までどこまでも続く草原、ところどころに森があり、川が流れ、空は青く——ここが「地下」なのだとは到底思えない光景がそこにはあった。

「うわあ」

と思わず感嘆の声が漏れた。

綺麗《きれい》だ、と思った。これほどまでに雄大な景色を、アスナは今までに見たことがなかった。ただただその美しさに目を奪われて、遥か彼方《かなた》から視線を上げていったアスナは、

「先生、あれ！」

青空に浮かぶ雲の隙間にそれを発見して、声をあげた。

一言でいえば——船。

古代の手こぎ船のような、装飾の施された巨大な船が、ゆっくりと空を飛んでいた。

「シャクナ・ヴィマーナ！」

モリサキが聞き慣れない単語を口にした。

「？　何ですか、それ？」

アスナが尋ねると、モリサキは興奮を隠しきれない様子で、

「神が乗ると言われている船だ。文献の通りだ……やはりここは、アガルタ……！」

「アガルタ……」

と。

呟いたアスナのポケットの中で、父の形見の、あの石が青い光を放っていた。

——え？　え？　何？

アスナは慌てて石を取り出す。眩《まぶ》しくて直視できないほどの光が、熱もなく、ただ
煌々《こうこう》と放たれていた。

それを見て、モリサキが驚きの声をあげる。

「……それは、クラヴィス！」

クラヴィス？　これが？

クラヴィスといえば、シュンが持っていて、シンが地上に取り返しに来た、あの宝石の名前だったはずだ。

それが――？

「欠片《かけら》か、なぜ君が」

そんなの私のほうが聞きたいくらいだ。

アスナは戸惑いながら、

「ラジオの鉱石《こうせき》代わりに使っていたんです。お父さんの形見《かたみ》だって」

「……形見？」

言って、モリサキは何を考えているのか、思案げな表情を見せた。

それから、背後を見上げる。

シャクナ・ヴィマーナが雲間へと消えていくところだった。

「クラヴィスというのは、ラティン語で『鍵《かぎ》』という意味だ。今後、我々の助けになるかもしれない。大切に持っておきなさい」

「……はい」

言われなくても、お父さんの形見だし。とは思うものの、どうやら「父の形見」以上の価値がこの石にはあるらしい——とアスナは考える。

「あの船の向かう方向へ行こう。何かがあるはずだ——」

モリサキが、雲の隙間を見つめながら言う。

「私たちの求める、何かが」

「……」

アスナは、こくりと頷《うなず》く。

＊

そうして、二人の旅は始まった。

まず、モリサキの歩く速度は速く、アスナはついていくのが精一杯だった。

少し待ってくれてもいいのに、とも思うけれど、無理を言ってついてきた立場である以上、そんなワガママは言えなかった。だから、アスナは少しモリサキとの距離が離れると小走りに後をついていく、というのを繰り返していたのだが、気付かないうちにそれはなくなっていた。

モリサキが歩く速度を合わせてくれているのだ、とすぐに気が付いた。

……意外と優しい人なのかもしれない。

アスナはそう思い、

「すみません、歩くの、」

と言いかけたのだが、モリサキはアスナを振り返りもせず、

「いや、私がもっと早く気を遣《つか》うべきだった」

と言ったきり、それについては触れなかった。

アルカンジェリがどうとか言っていたけれど、やっぱり先生は先生なんだとアスナは思う。先生というのは人格者で、立派な人なのだ。その考えに間違いはなかった。

実際、モリサキはよく気の付く男であった。

岩場を抜けるときには頻繁《ひんぱん》にアスナに手を貸してくれたし、
湖を渡るときには足下に危険なところがあればすぐに伝えてくれたし、
草原では食べられる野草を集めながら、アスナにも見分け方を教えてくれた。

これは、不思議なことではある。

不思議なことではあるのだけれど――

ろくな準備もせず、母にそれを伝えることもなく出てきてしまった旅だというのに、

アスナはそれを楽しいと感じていた。今までにない充足感、どこかへ行きたいと思い続けてきた自分の行きたかった「どこか」がこのアガルタなのではないかと思えた。

夜になると、焚《た》き火をして、文献を読みふけるモリサキの横で静かに過ごした。モリサキはタバコとライターを持ち歩いていたので、火をつけるのに困ることはなかったし、アガルタは自然の豊かな土地であったので、燃やすものに困ることもなかった。

アスナはその時間も、不思議と好きだった。

もとより、アスナは誰かと一緒に過ごすのは嫌いではない。

嫌いではないのだが、苦手ではあったのだ。

何を喋《しゃべ》っていいのかわからないから。

だけれども、モリサキは常に本に夢中で会話など必要としていない風であったし、こちらに無理に話しかけてくるということもなかったから、気を遣う必要がなかった。

アガルタでの旅は、わくわくとどきどきに満ちたものだった。

不安なのは食料だった。

モリサキの持ってきていた味気ない携帯食料は数日分しかなかったし、アスナのリュックにはお菓子くらいしか入っていなかった。

アスナはそれを本当に申し訳なく思い、それでもモリサキから食料を分けてもらわなければどうにもならないと考えて、私にも分けてくれませんか？　と言うタイミングを見計らっていたのだが、結果から言えばそれは必要がなかった。

モリサキは自分が携帯食料を口にするとき、

「ほら、食べなさい」

と言って、アスナに分けてくれたのだ。

本当に嬉《うれ》しかった。

アスナはせめてものお礼にと、自分の持ってきていたお菓子をモリサキにあげようとした。が、モリサキはそれも、ごく自然に二人で分け合ってくれた。

明らかに栄養価に劣っているアスナのお菓子を、モリサキはバカにするようなことはしなかった。自らの携帯食料とアスナのお菓子を、毎食分け合って食べた。

その食事の時間も、少なからずアスナにとっては楽しいものであった。

一人の食事ほど味気ないものはないと思う。

そう考えていたアスナにとって、毎食をモリサキと共にするというのは、どこか心安らぐ一時を過ごしているような、そんな感覚を与えてくれた。

さらに言えば、モリサキは長旅に備えて寝具——と言っても簡単な敷物ではあったが――を持ってきていたが、それを自分で使うことはせず、アスナに使わせた。

モリサキ自身は、食事に関しても寝具に関しても、

「体力のない君が足手まといになると困る」

と言っていたが、それを言うたびに少し照れくさそうな顔をするのが、アスナにはおかしくてたまらなかった。

「それにしても」

何日目だっただろうか、アスナが言うと、モリサキは顎《あご》を軽く動かした。

モリサキのこうした小さな仕草が何を意味しているのか、アスナにもだんだんわかってきていた。これは先を促しているのだ。

アスナは空を見上げて、

「なんで地下なのに、昼と夜があるんでしょう？」

「……ふむ、確かにそう言われてみればそうだが」

モリサキはそう言って、空を仰ぎ見た。

「それを言えば、そもそも空があるのが不思議だというところから話をしなければならないだろうな。しかし、太陽があるわけではない。夜になっても星が見えることもない」

「……そういえば、そうですね」

それじゃあそもそも、何で昼と夜なんていうものがあるのだろう。

アスナが真剣に悩んで、難しい顔をしていると、

「まあ、何しろ神の乗る船が本当に飛んでいるようなところだからな」

モリサキにしては珍しく、冗談がかった口調での答えが返ってきた。

もちろん納得はいかなかったけれど、気にしても仕方がないことだ、と結論づけることにした。おそらく、モリサキにしてもそれは同様だったのだろう。

そのようにして、一週間ほどがあっという間に過ぎていった。

＊

「先生！」

その日、それを発見したアスナは、喜びを隠しきれない声で言った。

「やっぱり村の跡があります！」

今まで、人のいた形跡らしいものなど、廃墟《はいきょ》とすら呼べない、遺跡のようなものしか見あたらなかった。あとはただひたすらに自然が広がる世界を延々と歩いてきたと

ころに来て、ようやく「廃村」と呼べるようなものが見つかったのだ。

石造りの建物がまだ半ば以上しっかりと残っていて、人が住んでいてもおかしくはない、しかし人の住んでいない村であった。

「……あまり期待しすぎないほうがいいぞ」

あくまでも落ち着いた様子のモリサキに、弾む声でアスナは言う。

「畑が残っているかもしれませんよ！　私、見てきます！　おいで、ミミ！」

実のところ、モリサキもそれを期待していないわけではなかった。

だが、食料のほうはアスナに任せておけばいいだろうと、モリサキはそう判断した。

村の家々に入り込み、書庫のようなものがないかと探して歩いて、ようやく数冊の書物を見つけることができた。

アガルタの言語で書かれた本を完全に読み解くことは、モリサキにもできなかった。

しかし、それでも。

「フィニス・テラ……それに、生死の門、か」

アガルタ人にとって何か重要な場所であるらしい、その二つの場所に関する情報を得られたのは僥倖《ぎょうこう》だったと言えるだろう。

モリサキがそんな風にして書物を読みあさっていると、

「先生！」

嬉しそうなアスナの声が聞こえてきた。

振り返って見ると、

「見て！　今夜はごちそうかも！」

アスナが両の手に、芋——だと思われる物体をいっぱいに抱えていた。

「……たしかに食べられそうではあるな。だが、芋類の場合は毒があるかもしれない。念のために——」

言いかけたが、心配は無用であった。

「水で毒抜きします！」

アスナが日頃、両親の不在によって料理に慣れていたことは、大きな助けとなった。

モリサキは畑の泥にまみれたアスナを見やり、

「それから、その服だが」

「先生のもだいぶ汚れてますよ。あとで洗うので、着替えておいてください！」

芋を持って駆けだしていったアスナを見送って、タバコの煙を吐き出しながら、モリサキは考えていた。

十年前に逝ってしまったリサのこと。

――もしも彼女との間に子どもができていたら、

「……」

モリサキは乱暴にタバコの火を消した。

馬鹿な考えだ。

*

その日の夕食は、草の葉で包み、蒸した芋だった。

モリサキは文献を読みふけりながら一口食べて、すぐにその書物を傍らへと置いた。

どうやら、読みながら食べるのには失礼な味だと判断してもらえたらしく、アスナはそれが嬉《うれ》しくてたまらなかった。

そう思っていると、モリサキはやはり少し照れたように、

「……旨《うま》いな」

と言ってくれた。

すごくすごく嬉しかった。

声が弾むのを、我慢できなかった。

「よかった。台所にお塩も少し残っていたんです！」

それは携帯食料しか食べられなかった数日を思えば、たしかにごちそうだった。

理屈でいえば、塩分を取れたことが幸いだったと言うことになる。

だが、それは、それだけではなかった。

もちろんモリサキと二人で食べる夕食は楽しかったけれども、自分が作る料理を誰かに食べてもらえるというのは、それ以上に嬉しいことであった。

と、喜びが顔に出てしまっていたのだろうか、モリサキはじっとアスナを見つめて、

「意外だったな」

「え？」

「君は、この旅が楽しいようだ」

モリサキが意外だと思っていることが、アスナには意外だった。

モリサキはこの旅が楽しくないのだろうか？

——ならば、そもそも、どうして自分はこの旅が楽しいのか。

それを説明する必要がある気がした。

と言っても、先生と一緒だから楽しいんです、などと誤解を招くようなことも言えず、ほんの一瞬だけアスナは悩んだけれど、そうすると言葉は自然と口をついて出た。

それが偽らざる自分の本音なのだ、と気付いたのは、自分がそう言ってからだった。

「私、一人でラジオを聴きながら、どこか遠い、違う場所に行かなきゃってずっと思ってたんです。私がいたい場所はここじゃない、見たことのないどこかなんだって」

そんなのは思春期の少年少女なら誰もが思うことだ――と、思われるかもしれない。

アスナは思う。だけれども、そうじゃないのだ。

そう、あの「唄《うた》」を聴いたときに頭の中に浮かんだ、見たことのない景色。

そこへ、自分は行きたかった。

「そしたら、不思議な男の子と出会って、その人を追ってここまで来て――」

シュンくん。

今はもういなくなってしまった、男の子。

「アガルタに来てから私、なんだか、ずっとドキドキしてるんです。だからこの先に何か、きっと――！」

「……」

きっと。

何があるのかは、明確には言えなかった。

だからアスナの言葉はそこで途切れたけれど、モリサキは特に何も言わず、静かに食事を続けた。

＊

この先に何か、きっと。

自分の求めているものがある、とでも言いたいのだろうか。
――求めているもの、か。
モリサキは考える。
この十年、ずっと、リサのことだけを思い続けてきた。
もうすぐだ。
もうすぐ、リサに、会える。
モリサキはポケットの中のオルゴールに、そっと指で触れた。
「……」
それを、アスナに気取《けど》られたと感じたからかもしれない。
モリサキは空を見上げて、

「星の見えない夜というのは、不安になるものだな」

アガルタの空には、星がない。

地下世界だから、当たり前なのかもしれないが――

太陽のない昼が終わり、今は空にオーロラのようなものが見えている。

それは、神秘的な光景ではあった。

「人間がどれほど孤独な存在か、思い知らされてしまう」

リサ――

モリサキは、もう一度、今度は口の中で呟《つぶや》いた。

もうすぐ、君に会える。

# 六　話

「シン・クァーナン・プラエセス」

　同じ頃。

　カナンの村、族長の間《ま》に、シンはいた。

　篝火《かがりび》の焚《た》かれた荘厳《そうごん》な雰囲気の部屋、最奥にかけられた二枚の垂れ幕の間の椅子に、老婆が座っていた。貫頭衣《かんとうい》を深々と身にまとっており、その顔には深い深い年輪がしわとなって刻まれている。彼女こそがカナンの村の最高権力者である「族長」で、その左右には控えの兵士を従えていた。

「クラヴィスの回収、まずは大儀であった」

　その族長から数歩離れた場所に片膝《かたひざ》をつき、真摯《しんし》にその言葉を受け止めるシンに、族長は続けて告げる。

「だが、そなたは過《あやま》ちを犯した」

　突然の言葉に、シンは息を呑《の》む。

一体何が、

「地上から来た男と少女が、クラヴィスを手に生死の門を目指しておる」

意味がわからなかった。

クラヴィスの回収という任務は、確かに果たしたのだ。

「しかし！　クラヴィスはここに！」

ここにある。

シュンの遺体は地上人によって回収されて安置されていたが、アルカンジェリに荒らされる前に奪取して、自分が焼いた。

身を焦がすような思いと共に。

そして、そのシュンの遺体から、確かにクラヴィスを回収した。

そのクラヴィスは、ここにある。

だとしたら――

「彼らは別の欠片《かけら》を持っていた」

「――!?」

シンは言葉を失う。

そんな、馬鹿な。

クラヴィスの欠片、だって？

そんなものが、ある――のか？

選ばれた者にしか渡されることのない、貴重という一言では表せないほどに貴重なクラヴィスの、その欠片を地上人が持っているなどということが。

族長は続ける。しわがれた声で。

「そなたは地上人をみすみすアガルタに招いてしまった。大きな過ちじゃ」

「――で、でも、俺の頂いたお役目は！」

あくまでもクラヴィスの回収であって、それは確かに果たしたのだ。

だが――シンの言葉を遮《さえぎ》ったのは、族長ですらない、その側近だった。

「疎明《そめい》はいらぬ！　皆まで言わねばわからぬか！」

「……っ」

たしかに、地上人をアガルタに入れてしまったのが自分の過ちだとするのならば、それは大きな過失だ。だが、クラヴィスの息差《いきざ》しを感じることのできない――クラヴィスの在処《ありか》が自由にわかったりしない自分に、どうすることができたというのだろう。

族長はさらに続ける。唄《うた》うように。

「かつての繁栄はもはや遠く、我々は今や長い黄昏《たそがれ》を生きている。このまま生命の終点たるアストラムに溶けゆくのが我らの望み。しかし、ひとたび門が開かれれば、地上人は再びアガルタに押し迫り、平穏《へいおん》は混濁《こんだく》の中に呑み込まれるだろう」

それは、アガルタにとっての、苦い苦い歴史であった。

武力を持たず、ただ叡智《えいち》のみを持っていたアガルタに攻め入ってきた地上人たち。

人々は銃火に焼かれ、弑《しい》され、武力とは違う「力」が奪われていった。

「かつて我々が受けた苦しみは、なまなかに忘れることはできん」

族長は、厳《おごそ》かに告げる。

「嘆かわしいことじゃ。成人の儀を前にして、そなたの眼《まなこ》はいまだ開かれておらぬ。

ケツァルトルの視界を覗《のぞ》くこともできず、クラヴィスの息差しを感じることも叶《かな》わず。

そなたの兄には天分があったのだが、宿業《しゅくごう》の病が地上への憧《あこが》れを強めてしまった」

――兄は。

シンは思う。

兄は、自慢の兄だった。

わずか六歳にしてケツァルトルの視界を視《み》ることができるようになり、
史上最年少で「お役目」を貰《もら》うようになった。

だけど――

幼い頃から病に冒され、死というものが身近にあったからなのかもしれない。
兄は、やがてもう一つの病に冒されることになった。
幼い頃に、兄が「先生」から受け継いだ病。
結果として兄を死に至らしめたそれは――

「地上への憧れ」だった。

――シン、地上ではねえ、夜になると空に「星」が見えるんだって。
「星」？
うん。死んだ人が「星」になって、僕らを見守っているんだって。
死んだ人って……父さんや、母さんも？
もちろん。空に、きらきらと輝いて見えるんだ。
へえ……
「星」が見える空っていうのは、どんなに綺麗《きれい》なんだろうねえ。
……
一度でいい、死ぬ前に、一度でいいから、

星空を、見てみたいなあ——


族長の部屋を後にして石畳の道を歩いていくシンの後を、一人の少女が追った。

「シン!」

長い髪をひっつめて、儀式用の衣装を身にまとった少女だ。シンはそちらを見やりもせずに、鋭い口調で言う。

「お役目中だろう、セリ」

「ちょっとぐらい、大丈夫」

セリと呼ばれた少女は、そう言ってシンの先を歩き始める。

シンは少しだけ迷ったけれど、幼馴染《おさななじ》みであるセリには伝えておくべきだと思った。

「——セリ、シュンのことは」

「知ってる」

シンの言葉を最後までは聞かず、セリは言った。

──あるいは、「シュンの死」をシンに言わせたくなかったのかもしれない。

シンは静かに呟《つぶや》く。

「……残念だった」

セリは、しかし小さくかぶりを振った。

「ううん。病を早めたとしても、シュンは多分見たいものを見られたんだもの」

「……」

シンは答えない。

それについて、自分は複雑な感情を抱きすぎている。そう考えたからだ。

セリはそんなシンを心配そうに見つめて、

「シン、また、お役目をもらったんでしょ？」

「ああ。地上人を捜してクラヴィスを奪取する」

シンの言葉に、セリはさらに表情を曇らせた。

「──でも、それって」

「殺せと言われたわけじゃないさ」

シンは、そんなセリを安心させるために、笑ってみせた。

が、すぐに真剣な口調で続ける。

「でも、必要となれば」

嘘のつけない性格は、昔から変わらなかった。

セリは悲痛な、ほとんど悲鳴に近いような声をあげた。

「そんな危険なお役目に、シン一人きりなんて！」

「親が死んでから、村は俺たち兄弟を育ててくれた。その恩を、返さなくちゃ」

それだけを告げて、シンはセリに背を向ける。

「これ以上お役目から離れていられないだろう。早く戻れ」

「……シン」

そして、セリの呼びかけにも、振り返りはしない。


自分の部屋へと戻ると、シンは短刀を取り出した。

鞘《さや》に収められたままのその短刀を、じっと見つめる。

――シン、プレゼントがあるんだ。

シュンが「最後のお役目」を終えて、帰ってきた日。

いつものように優しく笑って、シュンがくれたものだった。

――いつかシンがお役目を貰《もら》ったら、必要になると思って。

まっさらの、だけど使いやすくて手に馴染《なじ》む感覚。
きっと高価なものだろうと思った。
だけど、本心から、値段なんか関係なかった。
シュンがくれたものを、シンが宝物にしないはずはなかった。
ましてや、それが、最期の——
シンはかぶりを振った。
今は感傷に浸るときではない。
シュンならば。
シュンならば、こんなお役目、簡単に果たしてみせるに違いないのだ。
シンは長い髪を頭の後ろで無造作につかむと、その短刀でざっくりと切り落とした。
馬小屋へと向かい、愛馬にまたがって、走り出す。
或《あ》いはもう永遠に追いつくことのできない、兄の背中を追って。

＊

「ほら、食べなさい」

モリサキが作ってくれた夕食は、やはり、ふかした芋だった。

とは言っても、もちろん文句などはない。飽食《ほうしょく》の時代に突入した、と言われる昨今であるがゆえに忘れかけていたことだけれども、この旅のおかげで、まともな食物が食べられるというのはやはりしあわせなことなのだと実感させられる。

「ありがとうございます。いただきます」

アスナが芋を受け取って食べ始めると、モリサキも一口食べてから、

「ほら、お前も食べるか？」

と言って、自分の膝《ひざ》の上に乗ったミミに芋のかけらを与えた。

実に意外だった。

モリサキは、なんというか——もっと、ドライというか、動物をかわいがったりする性格ではないと思っていたのだ。それは多分にモリサキがこの旅の初めに言った「最後まで連れてはいけないかもしれない」という言葉に起因しているのだと思われたけれど。

アスナが自分を見ているのに気付いたモリサキが、

「？　どうした？」

不思議そうに聞いてくる。アスナは芋を囓《かじ》っているミミを示して、

「あ、いえ、いつの間にか仲良くなってるんですね」

と言うと、モリサキはあっさりと答えた。

「ああ、いざとなったら猫は食料になるからな」

「ええっ⁉」

アスナが驚きの声をあげると、モリサキは本気とも冗談ともつかぬ声で、

「冗談だ」

と言った。

……本当に、冗談なのだろうか。

軍隊のような、よくわからない組織——アルカンジェリに属していたモリサキだ。いざとなれば、本当に猫を食べるようなこともするのではないだろうか。

——少し考えたけれど、モリサキがそんなことをするとは思えなかった。この旅を始めたばかりであれば、そんな結論にはならなかったかもしれないけれど。

「……」

アスナはしばらくの間、もそもそと芋を食べていたが、不意に、

「先生」

言った。がまんができなかった。けれど、勇気が必要だった。

少し様子がおかしいことに気付いたのか、モリサキが怪訝《けげん》な顔をする。

「何だ？」

アスナは何から話せばいいのか迷い、
話し始めたからにはとにかく話さなければならないと思い、

「私、お父さんを早くに亡くしてるんですけれど」

と切り出した。

モリサキは芋のかけらを口に運び、

「そして母親は診療所で働いている。典型的な鍵《かぎ》っ子《こ》だが、それがこの旅の助けになっているのは確かだ。礼を言わなければならないな」

「——そんな、礼なんて」

「いや」

と、モリサキはかぶりを振って、

「まあ、私も独《ひと》りになってから長いからな。生活能力はあるつもりだ。もとよりアルカンジェリで活動していたから、野営などの経験は豊富なつもりだしな。だが」

芋のかけらを、再びミミに分け与える。

「なんといえばいいのか――そうだな」

モリサキは言葉に迷ったようだったが、しばし考えて、

「それが必要なのかどうかは、この際は置こう。だが」

そこまで言って、モリサキは一度言葉を切った。

「君がいなければ、この旅はもっと荒れたものになっていただろう」

――この旅に「潤《うるお》い」を持ち込んだのは君だ。

その言葉は、思いついたうえで、あえて避けた。

なぜかと問われれば――リサのための旅に、潤いなどというものはけしてあってはいけないと思ったから、なのかもしれない。

「――すまない。私の話になってしまったな。アスナ、君の父親の話をしようとしていたところだったな？」

「あ、えっと、はい」

アスナは、手の中の芋を見つめる。湯気を立てて、塩の粒が表面に浮かんだ、荒々しい料理だ――アスナが作ったところでそれは変わらなかっただろうけれど。

「だから私、『お父さん』っていうのを、よく知らないんです。記憶の中にあるのは、お父さんが唄ってくれた子守唄ぐらいで――それ以外はほとんど憶《おぼ》えてないので」

「ふむ？」

モリサキが視線で先を促し、
アスナは、こちらも一呼吸の間を置いてから、

「先生って」

言った。それから先は、一気に言うしかなかった。

「お」

声がうわずった。言い直す。

「――お父さんがいたら、こんな感じなのかなって、思うんです」

声は徐々に小さくなって、最後はしぼんでいく風船のように消えた。

「……」

モリサキが、ひどく意外そうな顔をした。

そして、

「――馬鹿なことを言うな」

自らの思いと共に、吐き捨てるように言った。

＊

その晩、モリサキは夢を見た。

モリサキが熱を出して、寝込んでいたときの夢だ。

ベッドの傍《かたわ》らには長い黒髪のリサがいて、静かに手回し式のオルゴールを鳴らしていた。

「珍しいわね。あなたが熱を出すなんて」

モリサキが目を覚ましたことに気付いて、リサが言う。

「倒れるのは、いつもは私の役目なのに」

「すまない……」

モリサキが言うと、リサはくすりと笑った。

「そう思っているなら、一つ約束してくれる？」

「……何を」

「私がいなくなってからも、ちゃんとしっかり生きていくって」

今になって、思う。

リサはこのとき既に、自分の死を覚悟していたのだ。

いや――

覚悟ができていなかったのは、或《あ》るいは、モリサキだけだったのかもしれない。

「リサ……次の任務は、すぐに終わるよ。帰ってきたら、一緒に僕の国に行こう。そうしたら、君の病気もきっと」

「そういうことじゃないの」

モリサキの言葉をさえぎる、優しい声。

「人は誰でも、いつか必ずいなくなるのよ」

リサはオルゴールを机の上に置いた。

薬の錠剤が大量に入った、紙袋の横に。

「違いは、それが遅いか早いかだけ」

そんなこと、聞きたくなかった。

「そして私は、あなたよりそれがちょっとだけ早いの」

よりにもよって、君自身の口から。

「それは、もう決まっていることなの」

モリサキは、どこまでも真摯《しんし》な瞳《ひとみ》でリサを見つめる。

「リサ……そんなことはない。君はいなくなったりしない。僕も君の前からいなくなったりはしない」

そして、優しく、手を握る。

「……僕は、君の不在に備えたりはしないよ。けっして」

＊

その頃、アスナもまた、夢を見ていた。
あのとき、一度だけ聴いた、音楽の夢だった。
高台で心地の良い春風を浴びながら、ラジオを動かして——
耳に飛び込んできた、音楽。
それを聴いた瞬間、アスナの目の前に、アガルタの大地が広がっていた。
記憶と記憶との結びつき。
ようやく、わかった。
「そっか……私がラジオを聴きながら見ていた景色は、アガルタだったんだ」
そう呟《つぶや》いたアスナの隣には、シュンが座っていた。
あのときと同じ、優しい笑みを浮かべて。
シュンは立ち上がり、アスナに手を伸ばしてきた。

「行こう、アスナ。さよならを知るための旅だ」

アスナはシュンの手を取って立ち上がり――


「起きろ！　アスナ！」


突然の声に、目を覚ました。

状況が理解できない。

目の前にはモリサキがいて、傍らではミミが鋭い眼光で前方を睨《にら》み付けていて、前方。

アスナが身を起こして見やった先には、異形《いぎょう》の怪物がいた。

ケツァルトルとは違う。

と、一瞬でアスナは思った。何が違うのかと言われると、答えには困る。困るのだが、ケツァルトルではない。

全身は灰色。足が六本あって――いや、四本だ。四本足で大地に立ち、二本の腕をこちらに向けて誘うように構えながら、赤く爛々《らんらん》と光る瞳のない目でこちらを見つめている。

そんな怪物が、周囲を取り囲んでいた。

「逃げるぞ、アスナ！」

返事はできなかった。ただモリサキに手を引かれるままに走りだし、その肩にミミが飛び乗る。灰色の怪物はゆっくりとした動きで、しかし確実にアスナたちを追ってくる。

草原を走り抜け、岩場を登り、廃墟《はいきょ》の中を通り抜け。

一体どれだけの距離を走っただろうか。

ついに、そのときはやってきた。

「アスナ、走れ！」

「……っ」

モリサキに腕を引かれ、ただひたすらに走ってきた。

もう走るという意識すらもなく、ただ前に足を踏み出し、転ばないために次の一歩を踏み出して、よろよろと走ってきた。

だが、ごく普通の女の子と、アルカンジェリで活動を続けてきた男の間には、体力という決定的な差があった。それでもアスナはがんばった。だが――

アスナを前へと引こうとするモリサキの後ろで、アスナが石につまずいた。

その瞬間を、怪物たちは見逃さなかった。

飛びかかってきた怪物の振るった手が、アスナとモリサキの手を離してしまった。

そうなると、後はもうなし崩しだった。二人の間には無数の怪物が立ちはだかった。

「アスナっ！」

モリサキは腰の拳銃《けんじゅう》を抜いて発砲する。

だが、怪物にはたいして効果がなかった。被弾し、負傷したように見えても、すぐに元通り穴がふさがってしまうのだ。

「逃げるんだ！　早く！」

モリサキの声を聞きながら、再び、アスナは走った。

# 七　話

モリサキは、すぐに異変に気が付いた。

怪物たちが襲ってこないのだ。

（いや――）

と、いうよりも。

そもそもモリサキなど視界に入っていないかのように、怪物たちはアスナを追いかけていってしまった。

（どういうことだ？　俺とアスナの違い――アスナがクラヴィスの欠片《かけら》を持っていることと何か関係があるのか？）

モリサキは考えるが、考えてどうこうという問題でもなかった。

とにかく今は――

手の中の拳銃を意識して、しかしこれが効果を為さなかったことを思い出す。

（くそ――アルカンジェリの資料に記述はなかったか？　思い出せ――）

アルカンジェリはアガルタ世界の存在を知っていたが、写真というものが発明されて以降にアガルタに入ったことがある人間は――いや「アガルタに入って出てきたことのある人間は」いない。ケツァルトルに関しては「地上側」にいる分の資料があったが、「内側」の生物に関しては詳しくない。

(全身が灰色、赤く爛々と光る目、鋭い爪――となると)

思い当たるのは、一つだけ。

(夷族《いぞく》――か？)

地上とアガルタ世界との交わりを嫌うという、世界の仕組みの一部である一族。その名を夷族といったはずだ。弱点は、水と光。だが――

(それが、なぜ、アスナを――？)

考えても仕方のないことだった。

水ならば、貴重ではあるが、飲み水が水筒に入っている。

どれだけ効果があるのかはわからないが、武器にはなる。

しかし――

(ち、アスナはどこへ行った)

とにかく動かないことには始まらない。

モリサキは走り始める。

(夷族を見つけるんだ。その先に、アスナはいる)

暗闇の中、モリサキは先ほど来た道を逆にたどっていく。廃墟を通り、岩場を下って、草原に——いや、そこは河原になっていた。人間の方向感覚など、そうそうアテにはならない。それを痛感する。

だが、そんなことは関係がなかった。

とにかく夷族だ。赤い光を探せ。

そう考えて、周囲を見回し——

(いた——!)

モリサキはいつものように銃を手にしかけ、それが違うのだと思い返す。

武器は水筒だった。

とてつもなく頼りなく感じるが、今はこれを信じるしかない。

夷族に向けて接近を——

そのとき、聞こえてきた声に、モリサキは強烈な違和感を抱いた——

「びえええええええ!」

それは、明らかに、小学校低学年以下の子どもの発するような泣き声だったのだ。

（なんだ――？）

そして、すぐに、気付く。

川の真ん中に、女の子が一人、座り込んでいた。

それが故意にしたものなのかどうかはわからないが、だからこそ助かったのだろう、とモリサキは考えた。夷族が相手ならば、川の真ん中は安全だ。

が――

（なんでこんなところに、子どもがいる……？）

アスナを助けに行かなければいけない。

いけないのだが――

放っておくわけにも、いかなかった。

モリサキは小さく舌打ちしながら、少女へと走り寄った。

＊

いつの間にか、アスナは遺跡のような場所に来ていた。

のは、いいのだが――

アスナは、絶望感にめまいがしそうになった。

通路が、行きどまっていたのだ。

どこかから先へ進めないか必死に探すのだが、道は見つからず、怪物がゆっくりと周囲を取り囲んできた。

もうだめだ、と、アスナは思った。

死を覚悟した。

怪物の手が、アスナを捕らえようとして——

「アスナぁっ！」

上空から飛来した影が、短刀でその手を斬り落とした。

「逃げるぞ！　走れ！」

通路にひしめく怪物たちの中へとシンが切り込み、道を開く。

アスナは状況を呑《の》み込めないまま、とにかくその後に続きながら、

「あなた……シン？」

アスナが言うと、シンはどこか満足げに笑った。

「今度は間違えなかったな」

怪物たちをとりあえず引き離し、階段を下りながら、シンが説明する。

「ここは夷族の巣だ」

「いぞく？」

「奴ら、お前が穢《けが》れた血だと言って食い殺したがってる。逃げるぞ！」

「どうしてここがわかったの？　私、あの後、シンを追ってアガルタまで、」

「こっちはいい迷惑だぜ！」

「なによ、私はシンにもう一度――」

「無駄口叩《たた》かずに走れ！　奴ら、追ってくるぞ！」

「走ってるよ！」

アスナは怒鳴り返しながらも、力を振り絞って走り続ける。

「シン、追ってきてる！」

「ああ――奴らは光と水に弱い。うまく川か何かにたどり着ければいいんだが」

そして、

「くそっ！」

大地が、唐突に、そこで途切れていた。

先にあるのは断崖《だんがい》のみ。

アスナは再び、もう駄目だ、と思い

「――アスナ」

シンの呼びかけにも答えなかった。

一瞬だけは。

「クラヴィスの欠片《かけら》を持ってるな？」

「――うん」

頷《うなず》くと、シンはにやりと笑って、

「無事に済んだら、渡してもらうからな」

言うなり――

シンは、いつかと同じように、アスナを抱きかかえて跳んだ。

「きゃあっ!?」

遥《はる》か下方には川が流れていた。

岩と岩の隙間をぎりぎりですり抜けながら、二人は川へと落下する。

高い高い水柱が立つ。

＊

「アスナ！　おい、アスナ！」

誰かが呼んでいる。

全身が気怠《けだる》くて、このまま眠ってしまいたい気持ちになる。

のだが、呼び声はいつまで経っても止まない。

「アスナ！」

仕方なく、アスナは目を開く――

そこには、ひどく心配そうな顔をした、モリサキの顔があった。

「……モリサキ、先生？」

「しっかりしろ！」

そう言って、モリサキはアスナの身を起こした。

自分がいるのが川のほとりで、もう既に日が昇っていて、全身がびしょぬれだということに、アスナはようやく気が付いた。

「チビがいなければ、危ないところだったぞ……礼を言っておくんだな」

「……チビ？」

モリサキが視線で示した先には、ミミがじっとアスナを見つめて座っていた。

「そいつが案内してくれたんだ」

「……その子は？」

アスナはモリサキが背負っている少女に気が付いて、尋ねる。

「この子も、あの怪物に追われていたんだ。成り行きで助けることになった」

そう言って、照れ隠しのためだろうか、モリサキは中指で眼鏡を押し上げた。

「とにかく、そこに火をおこそう。身体を温めなさい」

焚《た》き火にあたり、コーヒーカップになみなみとした白湯《さゆ》をもらって、それでようやくアスナの意識ははっきりとしてきた。

「それで――クラヴィスを渡せと、彼はそう言ったのか？」

アスナは昨晩のできごとをモリサキに伝えた。

モリサキは深く考え込むように口元に手をやり、

「君やこの子を襲った連中といい、我々は歓迎されざる存在のようだ」

言って、こちらはすっかり元気になり、ミミとじゃれあっている少女に目を向ける。

「さて、この子はどうしたものかな」

すると、少女は自分が話題に上ったことがわかったのか、モリサキのもとへ走り寄ってきた。言葉は喋《しゃべ》れないらしく、だあだあ言いながら遠くを指さす。

「川下か……」

モリサキが言ったときだった。

「ぐ……うぅっ」

小さな悲鳴が聞こえて、アスナはそこでようやく、シンが岩陰に寝かされていることに気が付いた。肩から胸にかけて、肉が裂けていた。

思わずそれから目を逸《そ》らしそうになりながら——それどころではないと思い、

「シン！」

叫びながら駆け寄る。ひどいケガだった。

「……そういえば、こちらがまだだったな」

モリサキが歩み寄ってくると、シンは苦痛に顔をゆがめながら跳ね起きて、

「っ！　お前は！」

言って、一気にモリサキとの間合いを詰める。

「アルカンジェリ！」

モリサキの三歩手前で立ち止まり、短刀を手に構えて、シンは言う。

アスナはケガをしているシンが心配なのと、シンとモリサキとのいさかいを収めたいのと、二つの気持ちでいっぱいだったのだけれど、何と声をかけていいのかわからず、結局は何も言えなかった。

シンは敵対心剝《む》き出しの声で、

「クラヴィスを持っているはずだ！　それを置いてアガルタから去れ！」

「なぜだ？」

モリサキが静かに尋ねる。

シンはかぶりを振って、

「理由など知るか！　それが俺の役目だ！」

叫ぶなり、一気に残りの三歩を駆けた。

「クラヴィスを渡せ！」

しかし、その動きにはあまりにもキレが欠けていた。モリサキは短刀の一撃を軽く避けると、いつの間にか手にしていた銃でシンの頸部《けいぶ》を殴りつけた。シンはあっさりと地面に倒れ伏す。

「シン！」

シンに駆け寄って、アスナはモリサキを睨《にら》み付けた。

しかしモリサキはそれを気にした風もなく、

「あの子の指した方向に行ってみよう。集落があるのかもしれない」

アスナは、しかしこれだけは譲れないと思い、言い放つ。

「この人も、連れていきます」

「……好きにしなさい」

モリサキは鞄《かばん》から包帯と消毒薬を取り出して、アスナに投げて渡した。

アスナはシンの傷の消毒をし、包帯をしっかりと巻きながら、

(そういえば、シュンくんの腕にも、スカーフを巻いたっけ……)

そんなことを、思った。

＊

シンの乗ってきた馬が、役に立った。

馬は、よほど飼い主に忠実なのか、気を失って倒れていたシンの傍にいたのだとモリサキは語った。馬が賢い動物であるということはアスナも知っていたが、それほどまでとは思っていなかったので、少しびっくりした。

その馬の背に、気を失ったままのシンと少女を乗せて、モリサキとアスナは川下へ向かって歩いていった。

およそ数時間を歩き、そろそろ疲労が色濃くなってきたところで、眼下に、川と壁

に囲まれた集落が広がっているのが見えた。

それは、アガルタに来てから今までに見てきた廃墟《はいきょ》とは、明らかに異なっていた。

立ち並ぶ木造の家々からは、炊事のものだろうか、あるいは暖を取るためのものであろうか、あちらこちらから煙があがっていたし、風力を利用して何かをしているらしい巨大な風車が稼働している様子が見て取れた。外壁の手前には田畑が広がり、そこに暮らしている人々の息遣いをはっきりと感じ取ることができる。

「人がいる……」

アスナの呟《つぶや》きに、モリサキも頷《うなず》いた。

「初めての生きた村だな。用心して行こう」

馬を引いた二人が集落に近寄っていくと、田畑で働いていた人たちがそれに目をとめて、慌てて集落の中へと引っ込んでいった。慌ただしく何かが動く気配があって、どうやら平穏無事にはいかないだろう、と思われた。

そして、その予感は見事に的中した。

すぐに集落の奥から、馬に乗った屈強な男たちが三人、こちらに向かって走ってきた。揃《そろ》いの白いマントを羽織っているところを見るに、自警団か何か、組織に属している人間なのだろう。それか、村の偉い人なのかもしれない。

男たちが来ると、村人たちは誰もが道を開けた。

「皆、下がりなさい！」

そして、男たちの声に従って、村の人々が外壁の奥へと引っ込んでいく。

アスナとモリサキは、それに正面から歩んでいった。

と、少女が馬から飛び降りて、男たちに向かって嬉《うれ》しそうに走っていく。

それを見て男たちが何かぼそぼそと会話を交わしたが、アスナには聞こえなかった。

代わりに、

「止まれい！」

一喝《いっかつ》されて、アスナたちはその場で立ち止まる。

代表格らしい男が、ゆっくりとアスナたちのもとへやってくる。

モリサキがアスナと馬をかばって、一歩前に出た。

男は、威厳のある声で言った。

「村の子を届けてくれたこと、礼を申し上げる。だが、そなたたちは地上人《ちじょうびと》である。アモロートの村は、地上人を受け入れることはできぬ。どうかお帰り願いたい」

モリサキはどうやら言葉に迷っていたようだったが、アスナはこれだけは何とかしなければならないと思い、勇気を出して声をあげた。馬の上に横になったシンを示し、

「せめてこの人だけでも、見ていただけませんか!?　怪我人なんです、熱があって」

すると、男たちが小さな声で、

「……カナンの村の者だぞ」

「なぜアガルタ人《びと》が地上人と」

ぼそぼそと喋《しゃべ》るのが耳に届いた。

それから代表の男が剣を抜いて、

「ならん！　去れ！」

と叫んだ。

――そんな、待ってください！

アスナは言いかけたが、モリサキがかぶりを振って、立ち去ろうとした。

そこへ、

「待ってくれ」

声をかけてきたのは、一人の老人だった。

長いひげをたくわえた白髪の老人は、少女を優しく抱き上げる。

「マナ、よく戻った」

それから男たちの横に並び、アスナたちに向けて言う。

「村の非礼を許して欲しい。孫を救ってくれた礼を、させてはもらえんか」

「しかし！」

叫んだ男に、老人は穏やかに言う。

「一夜限りじゃ。わしの顔を立ててはくれんか？」

「……」

男は渋々といった様子ではあったが、剣を鞘《さや》へと収めた。

そして、そのまま立ち去っていく。

「こっちじゃ、村の中を通るには、そなたたちは目立ちすぎる」

そうして、アスナたち一行は老人の家へと案内された。

広々とした家にたどり着くと、老人はまずシンの怪我の手当てに取りかかった。老人の家にはさまざまな薬の原料——だと思われるものがあった。それらをすりつぶしたり、混ぜ合わせたりしてできた液体を、老人はシンの傷口に丁寧に塗りつけた。

「じきに熱は下がるだろう。動けるようになるには今しばらくかかるだろうが、死にはしない。あまり心配なさるな」

いまだ苦しそうに胸を上下させているシンを見ながら、アスナは安堵《あんど》の息を吐いた。

「よかった……お爺《じい》さんのおかげです」

心から、そう思った。

このお爺さんがいなければ、この村に入れてもらうことすらできなかった。その便宜《べんぎ》をはかってくれたうえに、丁寧に傷の手当てまでしてもらえたのだ。礼はいくら言っても足りない気がした。

「夷族《いぞく》にやられた傷じゃな？」

「……おそらくは」

「光と水を嫌う呪われた種族じゃが、世界を今ある姿に保とうとする仕組みの一つでもある。だから奴らは『ものの交わり』を憎むのだ」

「ものの交わり……では、あの子は」

モリサキが言うと、老人は頷いた。

「マナの父親は地上人じゃ。そういうことも、稀《まれ》には起きる」

「……試したのか？」

モリサキが鋭い眼光で老人を見つめていた。

老人はゆっくりと、再び頷いた。

「無論、わしは望まなかったが」

「？　どういうことです？」

アスナには状況が呑《の》み込めない。アスナとて頭の回転は速いほうであったが、モリサキのそれは経験や体験に裏打ちされていた。洞察力が鋭い、と言ってもいいだろう。

モリサキは人差し指で眼鏡を押し上げ、

「昨日、俺は遺跡のような場所であの子を保護することになった。考えてもみろ。俺たちはここに来るまで何時間歩いた？　あんな子どもが一人で迷い込むような場所じゃない」

そこまで言われれば、アスナでも察しはついた。

重い気持ちになりながら、

「……それじゃあ」

呟《つぶや》くと、モリサキは頷《うなず》いた。

「ああ。夷族の現れる土地にわざと置いてきて、無事に戻ってくるかどうか試したのだろう。世界に認められる存在なのかどうか、テストするために」

老人は肯定も否定もしなかった。ただ、

「ついてきなさい」

そう言って、部屋を出て行く。

木造建築の老人の家は非常に広く、あちこちに民族的な布の織物や何かが飾ってあるのが印象的だった。アガルタ文化、と言ってもいいのかもしれない。

「地上人の来訪は、我々にとってよい兆しではない」

アスナとモリサキの前を歩きながら、老人は続ける。

「かつて、地上の王や皇帝たちは、数百年に亘《わた》り、アガルタから富や技を奪い続けてきた。王たちが地上を支配するためには、アガルタの知識や財宝が必要だったからじゃ。その代わりに彼らが持ち込んだのは、数知れぬ争いだった。地上のどこよりも壮麗だった都市は全て滅びた。我らは次第に減り、今やいくつかの村が残るのみ。だから我々はクラヴィスによって扉を閉じ、地上からは入れぬように鍵《かぎ》をかけたのじゃ」

老人は思慮深げにモリサキを見て、

「御仁《ごじん》を書庫に案内しよう」

それからアスナを見やった。

「お嬢さんはそちらで、夕食の準備を手伝ってもらえるかな」

「……はい」

正直、自分ももう少し老人の話を聞いていたかったけれど、それは自分にとって気持ちのいい話ではないと思われた。だとすれば、そんなものを聞いているよりも、料理でもして気分転換をしたほうがいいのかもしれない。

そんなことを思いながら示された部屋に入ると、先ほどのマナという少女が豆の筋を取っているところだった。いつの間にこの屋敷にやってきたのか、その傍らにいたミミが肩に飛び乗ってくる。

「だぁ！」

マナはアスナのもとに駆け寄ってくると、その手を引いてテーブルへと向かった。

料理は、基本的には、地上のものに似通っていた。

最初に行った作業は、何かの肉と野菜を刻んだものを餃子《ぎょうざ》の皮のようなものに包むことであったし、その次に頼まれたのはオオネと呼ばれる——大根によく似た野菜を切ることだった。そのどちらも、アスナにとっては手慣れた作業であった。

「こら、ちょっと、ミミ」

アスナが剝《む》いているオオネの皮に興味をもったのか、ミミがじゃれついてきた。それを軽くたしなめると、いつの間に部屋に戻ってきていたのか、老人が快活に笑った。

「ヤドリコが地上人に、これほど懐くのを見たのは初めてじゃ」

「ヤドリコ？　猫のことですか？」

アスナが聞くと、老人は自分も野菜の皮を剝き始めながら、

「神の子の宿った動物のことじゃ。人と共に育ち、役目を果たした後はケツァルトル

の一部となり、いつまでも生き続ける」

「神様……」

そんなことがあるわけがない。

アスナはそう思った。

だってミミは、アスナが子供の頃から一緒に育ってきた、猫なのだ。間違われるとすれば、耳が少し尖《とが》っているためにキツネや何かと思われる程度で、神様だなんてことがあるわけがない。

「よかったね、ミミ。そんな立派な動物と間違えてもらえて」

ミミは、にゃおん、と答えた。

「さて」

老人は鍋《なべ》を火にかけてから、マナを抱き上げた。

「料理ができるまでの間に、マナをお風呂《ふろ》に入れてやってくれんか」

アスナの顔が、驚きと喜びがごちゃまぜになったものに変わる。

「お風呂!?」

＊

不思議なことだが、アガルタのお風呂は日本式のお風呂とそっくりだった。石でできた浴槽に湯を張ったもので、香草らしきものを浮かべてある他はアスナが普段入っている風呂と大差ないと言ってよかった。

「ふううう」

肩までお湯に浸かって深く深く息を吐き出すと、アガルタにやってきてからの長い旅路《たびじ》でたまっていた疲れが抜けていくような気がする。

「お風呂ってすごいねえ」

「？」

アスナが言うと、マナがきょとんとした顔をした。

それを見やってアスナは微笑み、

「命の洗濯、っていう気がする」

なんて言っても、マナちゃんにはまだわからないか。

アスナはそう思う。

世界には――地上世界には、湯船に浸かる習慣のない国もあると聞く。そんな国に生まれなくて本当によかった、とアスナは思う。お風呂は身体と心を同時に癒してくれる。たしか副交感神経がどうとかいう話も聞いたことがあるけれど、そのあたりのことは正直に言ってよくわからなかった。

ともあれ、

「それじゃ、マナちゃん、洗ってあげないとね」

使って、マナと自分の髪の毛と身体を洗った。

シャンプーやリンスまでは望めなかったが、アガルタ式のせっけんのようなものを使って、マナと自分の髪の毛と身体を洗った。

充分に温まってから、老人の用意してくれたアガルタ様式の服へと着替えた。チベットあたりの（たぶん、アスナの記憶が間違っていなければ、だ）民族服に似た、ゆったりとした感じの、簡素な布の服だった。今までは川の水などで洗うしかなかった洋服を、ようやく洗剤で洗うことができたので、服は全て乾燥待ちなのであった。

と、アスナの着替えを待ちきれなかったのか、マナがろくに身体も拭《ふ》かないまま、脱衣所から飛び出していった。

「こら、マナ、待ちなさい！」

マナを追って居間を通過しようとして、アスナはモリサキとぶつかりそうになった。

「あ、先生」

アスナは上機嫌に、くるりと回って見せた。

「どうですか？　この服、お爺《じい》さんに借りたんです」

アスナだって女の子である。ここしばらくですっかり「普通」になってしまった薄汚れた自分ではなく、綺麗《きれい》になって、新しい服を着た自分を褒めてもらいたかった。

だが、モリサキはしばらく、物珍しいものを見るような目でアスナの全身を眺めて、

「似合ってはいないな」

とだけ言い残して、立ち去っていった。

「……もう、何よ、それ」

# 八話

アスナが風呂から出て一息つく頃には、夕食の支度ができていた。

並べられた椀《わん》や皿の数々を見て、感動しないわけにはいかなかった。何しろここしばらくの間、食事といえば焚《た》き火を囲んで木の葉を皿として使うぐらいが精一杯のものしかできなかったのだ。「まともな料理」はそれだけでごちそうだとしか思えなかった。

もう我慢はできず、

「いただきます！」

アスナは言って、肉団子のようなものを口に放り込み、茶碗《ちゃわん》からご飯をかきこんだ。

美味《おい》しかった。

もう、この世にこれ以上に美味しいものなんかないと思った。

思わず、目の端から涙がこぼれた。

「……泣かずに食べなさい」

モリサキが呆《あき》れたふうに言うが、そんなことを言われても美味しすぎるのだから仕方がない。アスナは次に野菜を口にしながら、

「だって、美味しくて」

と答えて、食事を続けた。

どれもこれも、本当に、本当に美味しかった。

そんなアスナをよそに、モリサキは落ち着いた様子で食べ物を飲み下してから、

「ご老人」

と言った。食事の音だけが続いていた室内に、一瞬、沈黙が降り立った。

「……」

「私の、先ほどの質問には答えてはいただけないだろうか」

先ほどの質問？

アスナが思っていると、老人は答えた。

「アガルタでは、死者の復活は禁じられておる」

死者の復活。

そうだ、そういえば、忘れかけていたけれど――私たちは、そのためにこんなに辛《つら》い旅を続けてきたのだ。それを忘れかけるなんて、なんて間抜けなことだろうと思う。

　モリサキは鋭く、

「禁じられているということは、できるということですね」

　なるほど。たしかにそうだ、とアスナは思う。できないことならば、はじめから禁止する理由なんかない。できるからこそ、禁じられるのだ。

　死者の復活を。

　――シュンくんを、生き返らせることが、できるのだろうか？

　アスナは期待と不安を胸に、老人の次の言葉を待った。

　老人は茶を湯飲みに注ぎながら、

「生も死も、もっと大きなものの流れの一部に過ぎない。流れをさえぎるようなことは人間には許されておらん。それは誰の幸福も呼びはしない」

　モリサキはしかし、そんなことで引き下がりはしなかった。

　あとから考えて、アスナは思う。

　それも当然だったのだ、と。

　ここまで来て、モリサキはようやく、十年間の努力が結実する瞬間の、その尻尾《しっぽ》を捕らえようとしていたのだから。

「何に許しを請うというのです！　その程度の文言至言《もんごんしげん》など、地上にも溢《あふ》れている！

私が知りたいのは、失った人間にどこでどうやって再会できるのか。それだけです！」

老人はしばし瞑目《めいもく》した。

アスナにとっても重い重い沈黙の間があった。

やがて老人は顔をあげて、

「死者を悼《いた》むのは正しいことだが、死者と己を哀れみ続けるのは間違っている。自身の迷妄《めいもう》に御仁《ごじん》は、年端《としは》も行かぬ少女を巻き込んでいる」

「アスナがここにいるのはアスナの意思だ！」

「あ、あの！」

二人の言い合いに、アスナは無理矢理に割り込もうとした。

「私――」

だが、それは無駄な努力に終わった。

モリサキは続ける。

「ただ何かを仰ぎ見るだけ！　あなたたちはそうやって、二千年もの間、穴蔵に閉じこもってきた！　だから滅びるんだ！」

「……」

老人は、しばし黙考していたようだったが、

「お嬢さんや」

唐突に、アスナに向かって言った。

「すまないが、少年の様子を見てきてくれないだろうか」

席を外せと言外に言われていることぐらい、アスナにもわかった。

自分も話を聞きたいという気持ちもある。

だが、それはワガママなのだろう。

「行ってきなさい」

モリサキにも言われて、アスナは立ち上がる。

言われたとおりに、シンの寝ている部屋へと向かい——その扉の前で立ち止まって、ポケットにしまってあったコンパクトを見つめ、前髪を整えなおした。

どうしてそんなことをしたのかは、自分でもよくわからなかった。

扉をそっと開けて、中に入る。

シンは眠っていたが、アスナが部屋に入っていくとすぐに目を覚まして、

「その格好」

と言った。

どきりとする。

自分がいつもと違う服を着ていることに、すぐに気が付いてくれた。それが少しだけ嬉《うれ》しかった。モリサキは似合わないと言ったけれど、それは単にアガルタの服を見慣れていないせいだろう。シンはなんと言うだろう――

「似合ってないな」

期待していた分、腹が立った。

「何よ！　その言い方！」

頬をふくらませて怒鳴りつけると、シンはおかしそうに笑みを浮かべた。

それから、す、と真面目な表情になって、シンは言う。

「なぜ助けた？」

「え……？」

「なぜ、俺を助けた？」

どうして、助けたか？

そんなの、怪我してる人が目の前にいたら助けるのが当たり前だし――

「シンだって、私を助けてくれたじゃない」

アスナが言うと、シンはいきなり激しい声で、

「俺は兄の尻《しり》ぬぐいをさせられているだけだ！」

「シュンくんの……」

どういう事情があるのかはわからない。

だけれども、シンはシュンが地上に持っていったクラヴィスを取り戻してくるのが役目だと言っていた。おそらくはそのことを言っているのだろう。

シンは、無理矢理に身体を起こそうとする——のだが、まるで見えない力でベッドに押さえ込まれているかのごとく、身体が持ち上がらない。

「シン！」

さすがに心配になって、アスナはシンの身体を支えようとした。のだが、シンに振り払われてしまう。しかしシンもそのまま起きあがることはできず、

「っ！」

小さく悲鳴をあげて、ベッドに倒れ込んだ。

「まだ無理しちゃ駄目だよ」

アスナはシンを心から心配して言うのだが、シンは強情に、

「お前たちは、ここにいちゃいけないんだ」

と言い放った。

シンの前髪が乱れ、その瞳《ひとみ》を隠していた。

だから、そのときシンがどんな表情をしていたのか、アスナにはわからない。

「俺も、夷族《いぞく》にお前を殺させてから、クラヴィスを奪うべきだった。――いや、そもそも、地上でアルカンジェリ共々殺すべきだった！」

アスナには何も言えない。

何がショックなのか、よくわからなかったけれど――

シンがそんなことを言うのが、ものすごく嫌だった。

「……出て行ってくれ」

「シン……」

「出てけ！」

シンが叫び――

アスナはおとなしく退室した。

気持ちが落ち込んでいて、暗いもやもやが胸の奥に渦を巻いているようだった。

居間へと戻ると、それを待っていたのか、モリサキが話しかけてきた。

「明日《あした》は早く出発する。早めに寝ておきなさい」

それだけを言い残して、モリサキはあてがわれた寝室へと消えていった。

「……」

気分がざらついて、誰かと話をしたくて、老人の部屋に向かった。

老人は、夕食の片付けをしている最中だった。

その背中をこちらに見せたまま、

「すまないね」

と言った。

「地上人を長くかくまうわけにはいかないのだ」

＊

アスナがベッドに入って、眠れないままでいると、ミミがちょこちょこと部屋に入ってきた。夜の灯《あか》りを受けてか、その瞳が緑色に輝いていた。

静かにアスナの頬を流れる涙を、ミミが優しくなめとった。

＊

シンはベッドに横たわったまま、一人、自由に動くほうの腕で顔を隠しながら——

一筋、涙を流した。

そして呟《つぶや》く。

「兄さん……」

*

老人は一人、暖炉の前で、パイプを吹かしていた。

ノックの音が、きっちり三回あった。

続けて、声。

「ご老人。夜分に申しわけありませんが」

老人は、その来訪を予期していたかのごとく、

「入りなされ」

と答えた。モリサキは、扉を開けて室内に入った。

「何の用じゃね」

「確認しておきたいことが、二点ほど」

モリサキは先を続けようとしたが、

「まあ、そこにかけなされ」

老人に促されて、椅子に腰を下ろす。

「茶でも飲むかね？」

「結構です」

モリサキは失礼にならないように意識した口調で老人の申し出を断り、

「先ほど、夷族はものの交わりを嫌うという話を伺いました」

と切り出した。

それだけで、老人はモリサキの言おうとすることを察したようだったけれど、結局は何も言わず、モリサキは先を続けた。

「あの少女は、アガルタ人と地上人の混血だからこそ、襲われたのだと」

「……お主の聞きたいことはわかるが」

老人はパイプの火を落とすと、立ち上がった。

「それを知っても、誰も幸福にはならん」

「……」

モリサキはしばし黙考していたが、やがて頷《うなず》いた。

「そうかもしれませんね」

そして、胸元からタバコを取り出し——

「——ああ、吸っても？」

「構わんよ」

モリサキはタバコに火をつける。

ゆっくりとそれを吸い、紫煙《しえん》をくゆらせながら、

「先ほどからひっかかっていた点が、もう一つあるんです」

「……何じゃね」

「夕食のときの話です。ご老人、あなたは死者の復活に対して、誰の幸福も呼ばないと言った。あのときは頭に血が上っていて気が付かなかった。ですが、冷静になって考えればそこに違和感があることに気付かざるを得ないのです」

モリサキは、そして、言った。

「禁忌《きんき》を破った人間がいるんですね？　私は、その人間と会いたい」

# 九話

夜が明けた。

アスナとモリサキは、老人に連れられて、村の船着き場にやってきていた。

「これに乗っていくといい」

老人はそう言って、カヌーのような舟を提供してくれた。

アスナが黙って老人に抱きつくと、老人はその背をぽんぽんと叩《たた》いた。

「まるで娘が戻ってきたような時間だったよ」

それは、アスナだって同じだ。

アスナは祖父母を知らない。だけれども、祖父がいればこんな感じなのではないかと感じていたから、この別れがとても辛《つら》かった。いや、ともすればそれは、そうではなかったのかもしれない。単に、アガルタにやってきてからずっと触れることのできなかった――モリサキを除いては――人の温《ぬく》もりに触れることができたこと。それが大きかったのかもしれない。だから、その温もりから離れるのが辛かったのかもしれない。今のアスナには、自分の心が本当はどちらなのか、判別はつかなかったけれど。

「お爺《じい》さん……マナも、元気で」

アスナはそう言って、老人の次にマナを抱きしめた。

老人はその様子を慈しみの目で見つめ、それからモリサキに向かって言う。

「まずは一昼夜ほどで、御仁《ごじん》の望む人物の住んでいる村につく。それからさらに一昼夜ほどで舟は湖に達するだろう。そこから御仁らの目指す地は近い」

「何もかも感謝いたします」

昨夜、夕食の後、この二人の間にいかなる会話があったのだろうか。

アスナは少しだけそれを疑問に思い、

「アスナ」

モリサキに呼ばれて、舟に乗り込んだ。

まだ、別れを惜しむ時間は欲しかったけれど、それを求めていてはいつまで経っても出発できない気もした。そう思うと、モリサキの非情とも言える態度にも納得がいった。もしかしたら、モリサキ自身、寂しさを感じているのかもしれないと思った。

アスナは振り返り、

「ミミ、おいで」

マナの頭の上に乗ったミミに言うのだが――

ミミはにゃおんと鳴くだけで、頑として マナの頭の上から動かなかった。

アスナが焦燥にも似た思いでミミを見つめていると、

「その子は自分の役目を果たしたのかもしれんな」

と、老人が言った。

何を言っているのかわからず、アスナの口からはただ、

「え……」

という呟《つぶや》きだけが漏れた。

老人は昨日から変わらない穏やかな口調で、

「ヤドリコの行いを人が決めることはできんのだよ」

……ヤドリコ。

ミミはそんな立派なものじゃない。はずだ。

ただの猫なのだ。なのに――

「そんな……ずっと一緒だったじゃない！　ミミ！」

アスナの悲痛な叫びにも、ミミは動こうとしない。

そして、今度もその未練を断ち切ったのはモリサキだった。

「……アスナ」

静かに言う。

「どうやら、受け入れるしかない。ご老人、どうか、頼みます」

そして、舟はゆっくりと動き出す。

アスナの思いなど無関係に。

「ミミ！」

今からでも。

今からでも舟に飛び乗ってくれれば間に合うのに。

そう思って呼びかける。

「ミミ！」

しかし、ミミはやはり、じっとこちらを見つめるだけだった。

「先生、待って！　だって！」

ミミの姿が遠くなっていく。

遠く――なって、いく。

「……マナ！　ミミをお願い！　ミミ！　マナの言うことをちゃんと聞くんだよ！」

そして――

「さよなら……」

アスナの最後の呟《つぶや》きは、同じ舟に乗るモリサキにさえ聞こえたかどうか。

＊

それからの船旅は順調だった。

モリサキが静かに舟をこぎ続け、アスナたちは川辺にいくつかの村を見、廃墟《はいきょ》を見、荒れ地や草原を見ながら、川を下っていった。川の水は澄んでいて、たくさんの魚が泳いでいるのを見ることができた。

その船旅が数時間も続いた頃、アスナは静かに呼びかけた。

「先生」

「……」

モリサキは答えず、静かに舟をこぎ続けていたが——

「授業でしてくださった話、覚えていますか？　イザナギとイザナミの神話」

「——ああ」

どうやらその会話が気になったのか、モリサキは舟をこぐ手を止めて、舟の縁に腰を下ろし、懐《ふところ》からタバコを取り出して火をつけた。

「私、最後が気になって、図書室で続きを読んだんです」

静かに、静かに、紫煙《しえん》が空気へと溶けていく。

「イザナギが地の底で見たのは、腐って恐ろしい形相《ぎょうそう》になってしまった妻でした。……それでも、死んだ人を生き返らせるのは、正しいこと……なんですか？」

モリサキは質問には答えなかった。

あるいは、モリサキ自身、それをはかりかねているのかもしれない、と、アスナは解釈することにした。

モリサキはタバコをくゆらせながら、

「旅の終わりは近い。生死の門で何を求めるかは、アスナ、自分で決めなさい」

自分で、決める。

何を求めるか。

それは、シュンの蘇生《そせい》だったのかもしれないし、父の蘇生であったのかもしれない。だけれども、そのどちらでもない気もした。だとすれば、そもそも自分は何のために旅をしているのだろうか。

そんなことさえ、自分にはわからないのだ。

＊

長い夜が来て、それが過ぎ、朝になった。

モリサキは小さな船着き場を発見すると、そこに舟を停めた。

「先生」

「なんだ？」

「聞きそびれていましたけれど——先生の望む人物って、誰なんですか？」

モリサキは舟をもやいながら、

「この村に、実際に人を生き返らせたことのある人物がいるらしい。文献を読んできたし、老人からも話は聞いたが、経験者の話を聞くのが一番参考になるからな」

そう言って、川辺から村へと向かった。

それはアモロートと比べれば圧倒的に小さな村だった。

老人から貰《もら》った外套《がいとう》を羽織り、アスナとモリサキは村に入っていった。

「申し訳ない、我々は『死者の復活』についての研究をしている者なのだが」

出会った村人にまずそう声をかけると、村人は途端に表情を曇らせた。

「すまないが、私は何も知らな——」

「いるんだろう？　この村に。死者を蘇生させた者が」

モリサキは強気に言い放つ。

相手の弱味につけ込んでいる以上、下手《したて》に出る必要はないと判断したためだった。

そして、それはどうやら成功したらしい——村人はうつむき、

「俺が喋《しゃべ》ったとは言わないでくれよ」

と言った。モリサキは頷《うなず》く。

「あの森の入り口にある小屋に住んでいる女に聞くといい。それ以上は……」

「いや、充分だ。ありがとう」

モリサキは村人にそう伝えると、さっさとその森の方角へ歩き始める。

「あの、先生」

「……なんだ？」

アスナはこのとき、茫漠《ぼうばく》とした不安を抱えていたのだが——

振り返ったモリサキに、何を伝えればいいのかわからなかった。

「いえ……なんでもありません」

「行くぞ」

件《くだん》の家の場所は、すぐにわかった。

というのも、森の傍の家というのが、一軒しかなかったからである。

他の家々は、木でできた壁に囲まれて、外敵から身を守るようにして建っている。

ただその家一軒だけが、仲間はずれのように壁の外に建っていたのだった。

「ふむ……どうにも訳ありのようだな。いや、死者の蘇生という禁忌《きんき》を犯したことが村人に知れ渡っている以上、当たり前のことなのかもしれないが」

「……」

アスナは、その家を訪れることに、やはり恐怖のような感情を抱いていた。

しかし、それでもモリサキは躊躇《ちゅうちょ》しなかった。

近づいていくと、家の様子がわかってくる。あばら屋と言ったほうがいいような、本当に人が住んでいるのか疑いたくなるような家であった。

その玄関の前に立ち、扉を三度ノックする。

「すまない、誰かいるだろうか」

モリサキが言うと、しばしの間があった後に、

「……なんでしょう?」

警戒心を剝《む》き出しにしたような、女の声が返ってきた。

「――あの」

言いかけたアスナを、モリサキが右手で遮った。

「余計なことは言わなくていい。黙っていてくれ」

「……はい」

アスナは少しだけ不満だったけれど、それでいいのだろうとすぐに思った。モリサキのほうが話がうまいだろうと判断したからだ。

そして、どうやらそれは正解らしかった。

「我々は、『死者の復活』について研究をしている者だ。この家に住む人間が『死者の復活』を実際に行ったことがあると聞いてやってきた。話を聞かせてはもらえないだろうか」

「……」

今度は、返事がくるまでに、数秒の間があった。

「すみませんが、ここには死者の蘇生を行ったことのある者はいません」

モリサキは、どん、と扉を拳《こぶし》で叩《たた》き、

「その事実はアモロートの村にまで知れ渡っている！」

声を荒げて言ってから——小さくかぶりを振った。

「すまない。正直に話そう」

努めて声を平静に保ちながら、続ける。

「死者の復活について研究をしている、などというのは嘘だ。私は自分の妻を生き返らせたいと願い、そのために情報を集めている」

「——」

扉の内側から、息を呑《の》むような気配が伝わってきた。

「すまないが、話を聞かせてはもらえないだろうか」

扉が、きしむ音を立てながらゆっくりと開き、中から顔を覗《のぞ》かせたのは、ひどく不健康そうな白い肌の、二十代ほどの女性だった。

*

家の中は、外見同様に、ひどく荒れ果てていた。

正直に言えば少し怖かったし、気持ちも悪かったけれど、アスナはそれが表面に出ないように平静を繕《つくろ》った。女性は腐りかけた木の床に、申しわけ程度に敷かれた座布

団の上に二人を座らせると、それと正対《せいたい》するように座った。モリサキはそれに対し、

「私の名は森崎竜司といいます」

と、名乗った。

「十年前に失った妻を生き返らせるために、地上からやってきました」

「……！」

モリサキが嘘をつかなかったのは、なぜなのか。

アスナは、おそらく、この女性に対する真摯《しんし》な気持ちの現れなのだろうと考えた。

実際のところを言えば、村人たちに嘘をつけば騒ぎになるかもしれないが、この女性ならばそれはないと判断しただけのことでもあるのだが。

「地上人……ですか」

「はい」

「先ほどもお話ししたとおり、ここには、死者を蘇生《そせい》した人間はおりません」

女性は言って、モリサキが何かを言いかけたところで、先を続けた。

「ここにいるのは、恋人によって蘇生された人間です」

モリサキが、はっと息を呑んだ。

アスナは、一瞬その意味を捉《とら》えかねる。

「死者の蘇生には、代償《だいしょう》が必要だということは、ご存知《ぞんじ》でしょうか」

「……代償？」

女性は頷き、

「申し遅れました、私の名は、ナミといいます。恋人の名は、イヴ。私が死んだのは、今からもう五年も前になります」

死者自身から言葉を聞くというのも、奇妙なものだとモリサキは思った。およそ地上にいては経験のできないことではある。

「それで、その代償というのは」

モリサキが切り出すと、女性は少しうつむいて、

「まず、死を司《つかさど》る神は、無償で人々を救う者ではありません。そんなことをすれば、人々は死という概念から解放され、大いなる生命の流れの妨《さまた》げとなるでしょう」

「ふむ」

それは――

そうなのだろう、とアスナは思った。

死のない世界などというものがあったとしたら、世界は人間で溢《あふ》れてしまう。

――実際にはモリサキとナミはもう少し難解な話をしているのだが、小学六年生の

アスナにとってはその程度の理解が限界であった。

「そこで、死というものから逃れるためには、大きな代償が必要となります。かつて――」

ナミは一度言葉を切って、

「かつて、地上とアガルタがクラヴィスによって遮《さえぎ》られる以前には、地上から多くの人間がやってきました」

「アガルタの知識と財宝を求めて」

ナミの言葉を、モリサキが引き継ぐ。

「それについては、アモロートの老人から伺っています」

早く本題に入れとばかりに話を急《せ》かしているモリサキに対し、ナミはしかし、これも語っておかなければならないと考えたのだろうか、ゆっくりと続けた。

「地上人がアガルタに求めた大きな力の一つに、不老不死があります。それもまた、大きな代償が必要だったからこそ、得ることのできた人間はいませんでした――数少ない例外を除いて」

「例外――不老不死を得た人間がいるのか!?」

モリサキが驚きの声をあげる――ナミは頷《うなず》いて、

「地上に、そういった伝説はありませんか？　死んだはずの偉人が実は生きていた、というような——」

アスナは考える。

ぱっと思い浮かんだのは源義経《みなもとのよしつね》伝説で、次に卑弥呼《ひみこ》もそうだったかもしれない、と思った。アスナはそれぐらいしか思い浮かばなかったのだが、モリサキは頷いて、

「確かに、いくつもの事例があるな。日本——私の住む国だけでも事例には事欠かないし、世界に目を向ければそれこそ無数に存在している」

「それらの全てが、本当に不老不死を得た人間なのかどうかは、証明できません。しかし莫大《ばくだい》な代償を払って実際に不老不死を得た人間は、いるのです」

ナミが言って——

モリサキは多少イライラしたように、

「先ほどから『代償』という言葉が多く用いられているが、あなたは一度もその内容について口にしていない。一体何を払わされるというのです」

「それは、時と場合、人によって異なります」

ナミは言って、どこか悲しそうな顔をした。

モリサキは、一瞬だけためらったようだった。

しかし――結局は、尋ねることにする。

「それが、ここにイヴさんがいないことに繋《つな》がるわけですね？」

ナミは、ゆっくりと頷いた。

「私を生き返らせる代償は、あの人の命でした。あの人は、私のために、自分の命を投げ出したんです」

アスナは思う。

それは、なんという残酷なことなのだろう。連想したのは、O《オー》・ヘンリーの「賢者の贈り物」だった。もちろん、それが温かい物語であったのに対し、こちらは悲しすぎるほどに悲しく、むごいことではあったのだけれど。

「そんなもの、意味がないのに。あの人のいない世界に生きることに、何の意味があるのでしょう――私は、ただ」

「あの人に、生きていて欲しかっただけなのに」

＊

モリサキとアスナは、舟に戻ってきていた。

あれから、二人とも黙ったきりだったが――

ぽつりと、アスナが漏らした。

「人を生き返らせるということは、正しいことなんでしょうか」

「……」

モリサキは答えない。

アスナは、小さく続ける。

「その本人が、望んでいるかどうか、わからないのに」

「……それこそ」

舟をこぎ出しながら、モリサキは言った。

「生き返らせてみないと、わからないことだ」

# 十　話

シンは、家の中に響く泣き声に目を覚ました。

もう、身を起こすことができるようになっていた。身体には少し怠《だる》さが残っていたが、シンはベッドから起き出して、その泣き声のほうへと向かっていった。

老人に見守られて、マナが泣いていた。

その手の中には、もう動かなくなったミミが丸まっていた。

——死んだのか。とシンは思う。

アスナが知ったら、きっと悲しむだろう。

老人は穏やかに、優しく言う。

「この世での役割を終え、次の世界へ行くときが来たのだ。たくさん泣いておやり。——あのお嬢さんのためにも」

マナが泣きやむまで待ってから、老人はマナとシンを連れて、村の外にある草原へと連れていった。どこまでも続く広々とした草原に、老人が指し示したところにだけ岩の台座があった。マナはそこへ走っていくと、ミミの遺体を優しく横たえた。

「じきにやってくるじゃろう」

老人が言って、しばしの時が経ち――

シンは、驚きの声をあげた。

「あれは……ケツァルトル！」

草原の彼方《かなた》からケツァルトルが、ゆっくりと歩んできた。肌色をした、人形《ひとがた》の――しかし人よりも数倍は大きな身体をしていた。その身体にはケツァルトル独特の幾何学的な模様が描かれていた。

「なんて古い……」

驚きに呟《つぶや》くシンのことなど気にも留めず、ケツァルトルは台座のもとにたどり着くと、ミミの遺体を抱き上げ――

その口の中へと放り込んだ。

老人は厳かな口調で言う。

「ああやって、命はもっと大きなものの一部になるのだ」

「……アスナにも、そう思えるのでしょうか。大切な存在が死んでしまったのに」

シンは、

そのときシンが口にした言葉は、
常なるアガルタ人ならば、けっして口にはしないものであった。

「ご老人、アガルタ世界は現世《げんせ》での命の儚《はかな》さ、意味の乏しさを知りすぎている。だからこそ滅びゆくのではないのですか？」

シンが言うと、老人は少しだけ驚いたように目を見張り――

しかし、すぐにゆったりとした笑みを取り戻して、

「そなたの未熟さは、あの地上人の男によく似ている」

と言った。

――俺が、アルカンジェリに？

そう思うけれども、シン自身にだって、自分の言葉が純粋にアガルタで生活してきたものならば発しないことだということぐらいはわかっていた。

自分は、あの地上人たちに影響されているのだ。

「……っ！」

シンは言葉を失い――

そのときだった。

「あれは……！」

村の入り口でモリサキとアスナを迎えた三名の貫頭衣《かんとうい》の男たちが、馬に乗って走っていくのが見えた。その様子を見つめていたシンは、すぐに気が付く。

その腰にぶら下がっている、物騒《ぶっそう》なシロモノに。

「長筒を下げている！」

シンが言うと、老人はやれやれといった風にかぶりを振って、

「彼らは殺してでも地上人を止めるつもりか」

そして、シンを見る。

「そなたの負うた役目と同じじゃな」

その通りだった。

殺してでもいいから地上人を止めなければならない。

アガルタ世界の奥へ入ってこられることを。

「……っ！」

シンは走った。老人の家に駆け戻ると、馬小屋の中ですぐに自分の馬を発見することができた。飛び乗って、走り出そうとしたところで、

「どうする気じゃ！」

老人に声をかけられた。

地上人を止めるのは自分の「お役目」だから、自分がする。
そんなこと、考えてもいなかった。
自分が何をしたいのか、どうすればいいのか、どうするべきなのか。
何もわからなかった。
ただ、シンはかぶりを振った。
「わかりません！　……しかし！」
かけ声と共に、馬を走らせる。
——アスナを放っておくわけにはいかなかった。
助けなければ。
ただ、ただ、それだけを思い。
振り返り、老人に向かって、シンは叫んだ。
「ご恩は必ず返します！　はっ！」
シンが気合いと共に馬の手綱《たづな》を繰ると、馬は草を蹴《け》散《ち》らし、全速力で走り始めた。

＊

川はやがて細くなっていき、岩場で湖となって終わっていた。

舟は岩場に乗り捨て、モリサキとアスナはその岩の斜面を登っているところだった。

「この尾根の向こうだ」

モリサキがアスナを振り返って言った。

もうすぐなんだ、とアスナは思う。

この旅が、もうすぐ終わる。

この、苦しい旅が、もうすぐ終わる。

なのに、なんで、こんなに「嬉《うれ》しくない」のだろう——？

「夷族《いぞく》が出る前に急ごう」

モリサキが言ったとき——

アスナがそれに気付いたのは、偶然だった。

「……」

「どうした？」

聞いてくるモリサキの声に一瞬だけかき消されたけれど、今、確かに——

「何か、聞こえませんか？」

モリサキは周囲を見回す。

あたりには風が吹き抜ける音ぐらいしか聞こえない。

――いや。

聞き慣れない、しかし、聞けばすぐにわかる、
馬の足音が近づいてきていた。

それは、意外なほど近くからの音だった。

起伏の激しい岩場だったために、接近に気付くのが遅れたのだった――とはいえ、
仮に早く気が付いていたとしても、何か手を打てたわけでもないのかもしれない。

アモロートの村でモリサキとアスナを迎えたあの男たちが、馬に乗って姿を現した。

穏便《おんびん》な用事でないことぐらいは、見てわかった。武装している。モリサキはとにかく先へ進まなければと考えて、

「アスナ、走れ！」

促《うなが》して、自分も走り始めた。

急ぎ、モリサキとアスナは斜面を登る。

そこへ、男の一人が馬に乗ったまま、腰から長銃を抜いて発砲した。

運良く――と言ったほうがいいのだろう。銃弾は地面に当たって石を弾《はじ》いただけだった。或《ある》いは、それは威嚇《いかく》射撃だったのかもしれないが。

アスナはモリサキに手を引かれて、手頃な岩の陰に隠れる。

どうすればいいのだろう。

さっぱりわからないアスナの前で、モリサキが懐から拳銃《けんじゅう》を取り出した。

「隠れていなさい。すぐに済む」

言うなり、こちらからも発砲する。

弾丸の応酬《おうしゅう》があった。

互いの弾丸は、ぎりぎりのところで命中しない。

「先生！」

人を殺したりしたら駄目だ。

そんなことを言おうとしたのがわかったのか、モリサキが短く、

「奴らもこちらを殺すつもりだ！」

と言って、次の弾を撃とうとしたときだった。

突如飛来した短刀が、モリサキの銃を跳ね飛ばした。

それは、まるきり予想外の方向からの一撃だった。モリサキには避けられなかったけれど、怪我もなかった。銃だけを正確に狙った、見事な投擲《とうてき》だった。

「何!?」

モリサキが叫び、アスナもまた、驚きと共に見やる——

「はっ！」

——そこに走ってきたのは、馬に乗った、シンであった。

シンは走る馬の勢いを殺さぬままに飛び降りて着地、モリサキの銃を跳ね飛ばした短刀を拾い上げ、それを構えて、

「シン！」

モリサキとアスナをかばうように立って、アモロートの兵と向かい合った。

「余計なことを！」

アスナとモリサキがそれぞれ叫び——

シンは、力強い声でそれに応える。

「誰も殺すな！　アガルタの憎しみを増すだけだ！」

シンは、自分たちを助けようとしてくれている？

地上人は殺しておくべきだった、とあのとき言っていたのに。

そのことが、とても、とても嬉しかった。

向かい合うアモロートの兵たちが、馬から下りた。

「カナンの村の者だな。なぜ地上人をかばう」

「この二人はあなたたちの村の娘を助けた！　恩義があるはずだ！」

「地上人を野放しにすることは、滅びの呼び水となろう。将来に禍根《かこん》は残せぬ！」

叫び、長銃を構えた男に——

シンは正面から走りこんだ。

銃撃を横へのステップで回避、一気に間合いを詰めて、その銃を短刀で弾き飛ばす。

男は蹴《け》りでシンとの間合いをわずかに離すと、自らも抜刀《ばっとう》し、シンめがけて力強い一撃を加える。シンは短刀でそれを受け止め、軌道を逸《そ》らして回避する。

一合、二合、三合、
男の剣は重く、シンの短刀は軽い。

ぶつかり合う二人は互角に見えて、徐々にシンが押されていく。

「シン！」

叫びかけたアスナを、右手でモリサキが制した。

シンが叫ぶ。

「借りは返す！　行けっ！」

叫びながらの一撃が、今度は男の剣を押し返した。重さでは負けているが、速さではシンに分《ぶ》がある。スピードを乗せた攻撃は強烈だった。けして負け戦《いくさ》と決まったわけではない——と、思う。

とにかく、今はシンの言うことを聞こう。そう思うアスナの手を引いて、モリサキが男の笑みを見せ、岩場を登り始める。

四合、五合、六合、
シンの短刀と男の剣がぶつかり合う。

互いに一歩たりとも退《ひ》かない。

その横を、控えていた別の男が通り過ぎようとする——

シンは男の剣を短刀で受け止めながら、その勢いをむしろ利用して跳躍、通過しようとした男の前に立ちはだかる。剣を抜いて応戦しようとしてくる男の顎《あご》に、シンの放った回し蹴りが命中した。男が倒れ、シンは身を翻《ひるがえ》し、先ほどの男との戦闘に戻る。

男が、にやりと笑う。

「手強《てごわ》い」

「私にやらせてください」

控えていたもう一人の男が、馬から下りて、剣を引き抜く。

シンは乱れてきた息を整え直しながら、その男への間合いを詰める。

＊

モリサキとアスナは、その闘いを背後に、尾根を登り終えた。

夕焼けに染まる空の下、肩で息をするアスナの前で、モリサキが言った。

「この世の果て、フィニス・テラだ」

そこに広がっていた光景は——

遥《はる》か地平線まで続く、巨大な、巨大な、巨大な、縦穴だった。

モリサキはその淵《ふち》に下りていく。

「急ごう。彼の行為を無駄にするな」

アスナはモリサキについて下りていくが——

そこは正に断崖《だんがい》、真下を見下ろしても底が見えず、どこまでもどこまでも岩壁が続くだけの絶壁だった。

絶望がそこにあった。

こんなの絶対に下りられない。アスナはそう思うのだが、モリサキは荷物を下ろし、なんてことのない口調で、

「身を軽くしなさい。崖《がけ》を下りるぞ」

と言った。

アスナは恐る恐る穴の中を覗《のぞ》き込むが――

ロッククライミングのプロでも下りられないのではないか。

そんな風に思ったのは遥か後にこの穴のことを思い出したときのことで、このときのアスナが感じていたのは、ただただ純粋な、生命の根源的な感情――恐怖であった。

足がすくんで立っていられず、アスナはその場にへたりこむ。

「……無理です。どこか別の場所から、」

アスナは言いかけたが、モリサキはにべもなく、

「そんな暇はない。日が落ちれば夷族《いぞく》が出る。行こう」

「っ」

モリサキが岩壁に手をかけて、慎重に下り始める。

アスナは急いで荷物を下ろした。

「先生！」

モリサキは岩壁を下りていく。

アスナもそれに続こうとし――

穴の底から吹いてきた風に吹き飛ばされそうになって、

「アスナ！」

モリサキによって、ぎりぎりのところで助けられた。

二人は、岸壁の上に戻ってきた。

アスナは全身に力が入らず、地面に四つんばいになりながら、
こぼれ落ちる涙を、我慢できなかった。

自分がこれほどまでに無力だと感じるのは、生まれて初めてだったかもしれない。

なんて情けないんだ、と思った。

ここまで旅を続けてきたのに、そのゴールを目前にして、ゴールテープを切ることができない。それが悔しくて、でも無理なものは無理で、何もできなかった。

「アスナ」

モリサキが呼びかけ、

「……」

ぼろぼろと涙を流しながら、アスナは顔を上げる。

モリサキが、優しい声で言う。

「よく聞きなさい。君は狭間《はざま》の海を越え、旅をして、世界のこれほど深くまで来た。この崖も必ず越えることができる。君は何のためにアガルタに来たんだ」

そのまなざしも、また、優しい。

——まるで、娘を見つめる父のように。

しかし、アスナは、かぶりを振った。

無理もない。

大の大人でも躊躇《ちゅうちょ》するような——というよりも、その賢明さをもって回避するような崖であった。わずか十一歳の少女に挑めるような絶壁ではなかった。

「——私、無理です。できません」

それは、アスナがこの旅で初めて口にした、あきらめの言葉だった。

＊

シンと男の闘いは続いている。

しかし——

シンと男の間には、二つの決定的な差があった。

いや、或《あ》いは一つというべきか。

何を言うにもシンはまだ十一歳で、アモロートの男はその三倍は生きてきた。

体力的にも、経験的にも、シンのほうが劣っていたのは確かだったのだ。

シンの動きがわずかに鈍った瞬間を、男は見逃さなかった。

横薙《よこな》ぎの拳《こぶし》がシンの頬を捉《とら》え、シンは吹き飛ばされて、短刀を取り落とす。

シンは地面を転がって、ぼろ切れのように横たわる。

「もう止めておけ。アガルタに居場所を失うぞ」

剣を向けてきた男の言葉に。

シンは、それでも、立ち上がる。

「居場所など――」

そして、シンは、拳を繰り出した。

「もとより、ない！」

男がその拳を受け止める。

そして、男はもう剣を振らなかった。

殴り返してきた拳を、シンはぎりぎりで避け、逆に二発目、三発目、四発目の拳を放つ。男がそれをさばき、いなし、受け止める。

＊

「わかった」

泣き崩れるアスナの前で、モリサキは言った。

「私一人で行く。クラヴィスを貸しなさい。代わりに君は、これを持っていくんだ」

モリサキに渡されたそれは、
拳銃《けんじゅう》だった。

「川をさかのぼり、老人のもとへ戻りなさい。夜が来たら水に入り、夷族を避けることだ」

そして、モリサキは言った。

これだけは伝えておかなければならないと思った。

「アスナ、私は、君に生きて欲しいと思っている」

「勝手かもしれないが、できればそれを、覚えていてくれ」

そして、モリサキは、微笑んだ。

モリサキのそんな優しい顔を、アスナは初めて目にした気がした。

何か言わなければ。

そう思うのだが、何も言うことはできなかった。

「あ……」

モリサキはもう何も言わない。

アスナに背を向けると、無言のまま、フィニス・テラの大穴へと向かい合う。

*

頬に一撃を食らい、体勢を崩したところを蹴《け》り飛ばされて、シンは地面に転がった。

今度こそ立ち上がる力も残っておらず、男が首筋に当ててきた刃《やいば》にも、あらがうことすらできなかった。

——自分は、殺されるのかもしれない。

シンが思った、
そのとき、だった。

「——」

クラヴィスの息差《いきざ》しを、シンは聞いた。

たしかに、クラヴィスの在処《ありか》を「感じる」ことができたのだ。

今までのシンにはできなかった、超えることのできなかった壁であった。

それが、今、あっさりとできてしまった。

そして、男たちもクラヴィスの息差しを感じたのは同様だったらしい。

「クラヴィスはフィニス・テラの下に消えた。もう追えぬ。戦いは無意味だ」

そう言って、男は剣を収めた。

「だが、地上人はどのみち生きて崖《がけ》を下りることはかなうまい」

そして、シンに背を向けて、

「小僧」

馬へと乗りながら、

「アガルタにも地上にもつかぬお前が、この先安らげる場所はどこにもないだろう」

ゆっくりと去っていく。

「永遠に流浪《るろう》する生き方をお前は選んだのだ。それを悔い続けるがいい」

男たちがいなくなって、
しばしの間があって、
ようやく、シンは、ぐらりと立ち上がった。

自らの愛馬のもとへと、歩み寄る。

「すまなかったな。ここまで、無理に走らせすぎた。立てるか？」

馬は静かに、シンの言葉に応えて立ち上がる。

さて。

「これから、どこへ行こうか——」

# 十一話

日が沈んでいく。
モリサキが残していった銃を足下に置いたまま、アスナはただ座り込んでいた。
無力感だけが身体を支配していて、何も考えることはできなかった。
風が吹き抜ける音だけが静かにあたりを彩り、やがて、日が沈んだ。
忘れていたわけではなかった。
忘れていたわけではなかったのだが――
ようやく気が付いた。
地面から、夷族《いぞく》が顔を出し始めていた。
アスナは悲鳴をあげて、銃を拾って、走り出した。
日はまだ完全に沈んだわけではなく、走れば光の下に出ることはできた。
そして、尾根を下って、湖へ向かう。
とにかく水のあるところに行かなければ。

その一心で、走る。
川へとたどり着き、泥に足を取られて転びそうになり、顔を上げて――
周囲を見回して、ぞっとした。
夷族に囲まれていた。
どこまでも続く赤い目、目、目。
アスナはただがむしゃらに、川上に向かって走り始める。
前へ、前へ。
夷族の群れがそれに合わせて、川辺を走り続ける。
前へ、前へ。
アスナの息が切れて立ち止まると、夷族たちもまた立ち止まる。
川上へ。
歩いて、歩いて、歩いて――

――アスナ。

頭の中に、シュンの声が蘇《よみがえ》った。

——祝福を、あげる。

その夜、アスナは母に尋ねた。

「お母さん、祝福って、何？」

母は怪訝《けげん》そうな顔をして、

「祝福？」

と尋ね返してきた。

アスナは、口づけのことは隠したまま、

「……祝福をあげるって」

「誰かに言われたの？」

額への口づけが祝福を意味していることぐらい、アスナの母ならば知っていたのかもしれない。だから、その誰かがアスナの額に口づけたことぐらい、アスナの母は見抜いていたのかもしれない。

アスナ自身はそんなことは思いもよらず、

「……うん」

こくり、頷《うなず》く。

それを聞いて、母は瞳を細めて微笑んだ。

「アスナが産まれてきてくれてよかった、ってことよ。私もそう思うわ」


アスナの中に、無数の想いが蘇る。

母との思い出。

学校での思い出。

シュンとの思い出。

モリサキとの思い出。

そして、シンとの思い出。


「アスナ」

シュンの声が、聞こえた気がした。

「君は、どうしてアガルタに来たの?」

どうしてアガルタに来たのか。

ろくに考えもしなかった、その疑問に行き着いたとき。

アスナは、ようやく気が付いた。

「——なんだ」

呟《つぶや》いて、地面にひざまずいた。

それは単純な、単純な、ごくごく単純な、答えだった。

「私、ただ、寂しかったんだ……」

それだけだった。

そのために、アガルタに、やってきた——

アスナはそのとき、不気味な息遣いを耳元で感じて、我に返った。

夷族だった。

「っ！」

迂闊《うかつ》だった。
思考に没頭していたからかもしれない。
ただ歩くことだけに集中していたからかもしれない。
水が引いているということに。
川から逸《そ》れてきてしまっていたということに。
アスナは、ようやく気が付いたのだった。
「いつの間に！」
夷族たちが近寄ってくる。
夷族たちが近寄ってくる。
無数の、無数の。
「……っ！」
アスナは地面に落ちていた木の棒を手にして、手近な夷族に殴りかかった。
棒はあっさりと折れて、
夷族はそれを意に介した様子もなく、アスナの首をつかんで、持ち上げた。
息ができない。
うすれゆく意識の中で、手にしていた銃のことを思い出した。

撃った。

撃った。撃った。さらに立て続けに三発撃った。

弾倉《だんそう》に入っていた弾を全て撃ち尽くして、弾は一発も当たらなかった。

アスナの手から力が抜けて、銃が転がり落ちた。

「ケ　レダ」

夷族《いぞく》が不気味な声で言った。

「ケガ　ダ」

その口が、大きく開いて、牙《きば》がむき出しになった。

アスナは死を覚悟した。

# 十二話

あの頃、シンにとって、シュンは「世界の全て」だった。

「兄さん？　入るよ？」

二人の住んでいる家は「先生」が遺《のこ》したもので、その二階の片隅にシンたちが「地上部屋」と呼んでいる部屋があった。「先生」が地上について研究するために造った部屋だった。

その部屋はシュンのお気に入りで、お役目がないとき、シュンは大抵そこにいた。

「ああ、シン。ちょうど飲み物が欲しかったところなんだ」

「……そう言ってくれるのは嬉《うれ》しいけど」

シンは淹《い》れてきたお茶を、本を読んでいるシュンに手渡した。

「兄さんがそうやって薬を飲んでるのを見ると、やっぱり心配になるよ」

「ああ――ごめんね、シン」

シュンの手元には、粉薬の入った袋が置かれていた。

「ねえ、シン。地上にはね、病気を治すための薬があるんだってさ」

「……治す？」

「うん。僕が飲んでいるみたいな薬は、地上では『対症療法』って言って、単なる一時しのぎに過ぎない場合が多いんだって」

そう言いながら、シュンはお茶で薬を飲み下す。

「——ああ、シンが淹れてくれたお茶は美味《おい》しいなあ」

「薬と一緒に飲みながら言われても、嬉しくないよ」

でも、悪い気はしなかった。

少しだけ温かい気持ちに浸っていると、

「ねえ、シン」

シュンが言った。

「地上に行けば、僕の病気を治す薬も、あるのかな——」

「そんなのっ！」

シンは声を荒げる。

「今の兄さんが地上になんか行ったら、数日も保《も》たないって言われてるだろ⁉　兄さん、頼むから——」

残された時間くらいは、僕と一緒にいてくれよ——
その言葉は、永遠に発せられないまま、シンの胸の中にある。

＊

シンは、なんとなく、そんなことを思い出していた。
馬を傍らに、ただ空を眺めていた。
そして、先ほどアモロートの兵に言われた言葉を思い出す。
——アガルタにも地上にもつかぬお前が、この先安らげる場所はどこにもない。
そんなもの、シンはとうに失っていた。
シュンの傍だけが、シンにとっての「安らげる場所」だったのだから。
——永遠に流浪する生き方をお前は選んだのだ。それを悔い続けるがいい。
「……」
シンは静かに瞳《ひとみ》を閉じて——
「っ！」
不意に、跳び起きた。

以前の自分であれば視《み》えなかったもの。

いつしか視えるようになっていたもの――そう、かつてのシュンのように、今のシンは、遠く離れていても彼女の気配を感じ取ることができていた。

「まさか！」

シンは愛馬に飛び乗った。

走れ。

思ったのだ。

もしも、自分に、今でも安らげる場所があるとすれば。

それは――


「アスナぁぁぁぁっ！」


いつかと同じ光景を、アスナは目にしていた。

空高く、跳んできたシンが、アスナの首をつかんでいた夷族《いぞく》の腕を斬り捨てた。

夷族の腕から解放され、アスナの身体が地面へとくずおれる。

げほげほと咳《せき》をするアスナを守りながら、シンはしばらく夷族を牽制《けんせい》していたが――

気付いた。

「——夜が明ける」

シンの、その言葉を合図にしたかのように。

東の空から、日の光が溢《あふ》れ出してくる。

夷族たちは光に当たると、身体の表面を焼かれるようだった。すぐに慌てて地面へと潜って消え——

あとには、シンとアスナだけが残された。

「無事でよかったな、アスナ」

シンは、地面にへたりこんでいたアスナに手を伸ばした。

アスナがその手をとって立ち上がる。

「シン、助けてくれてありがとう」

心から嬉しかった。

殺しておけばよかった、と言われたときに苦しかった分の、倍くらい。

いや、それ以上に、嬉しかった。

「——今まで、ちゃんとお礼言ったこと、なかったよね」

アスナが言うと、シンは照れくさそうに、わずかに視線を逸《そ》らした。

「身体が勝手に動くんだ。考えるより先に。助けようと思っていたわけじゃないさ」

「……」

アスナは、じっと、シンを見つめた。

「――な、なんだよ」

うろたえた様子のシンが、少し可愛いと思った。

「目の色が、ちょっと違うんだね、シュンくんとは」

「ああ。兄さんのほうが少し背が高かったし、髪の色も少し違う」

シンの言葉を聞いて、アスナが微笑む。

「そうだね、よく見たら、まだ子どもじゃないの」

「お、お前だって子どもだろ」

シンの言葉のあと、アスナは一拍の間を置いて。

「やっぱり、シンは、シュンくんじゃなかったんだ」

確認するためでもなく、言う。

「お前、まだそんなこと――」

言いかけたシンが、言葉を呑《の》み込んだ。

アスナは泣いていた。

頬を伝う涙の筋を、拭《ぬぐ》うことすらせず。

「……だって、だって」

シンは老人の言っていた言葉を思い出す。

――命はもっと大きなものの一部になるのだ。

――たくさん泣いておやり。

「……」

シンは、しばし泣きじゃくるアスナを見つめ――

「泣くな！」

大声で、言った。

そして、膝《ひざ》から崩れ落ちる。

その瞳から、涙がこぼれ落ちていた。

「兄さん……」

それから二人は、しばらくの間、声をあげて泣き続けた。

それは二人が、シュンの死を、はじめて受け入れたときだったのかもしれない。

＊

モリサキの足が、水に浸かった。

踏みしめる――それはもう、岩壁ではなかった。

全身で息をしながら、

「着いた、のか……？」

そう考えた瞬間、身体から力が抜けて、モリサキは地面にくずおれた。

もとより、常人にはおよそ不可能であろう断崖《だんがい》降下を果たしたのだ。体力など残っているはずもなかった。水の中に顔まで浸かって――

起きあがる。

「ヴィータクアか……力が、戻ってきたような感覚がある」

周囲を見回す。

巨大な水晶のようなものがあちこちから突き出した、不思議な空間だった。

「ケツァルトルの墓場か……」

そして、歩いていく。

やがてモリサキがたどり着いたのは、宙に浮かぶ黒い球体の前だった。

あの老人の家の書庫で読んだ文献を思い出す。
「これが……生死の門」
黒い球体に触れる。
否、触れようとする。
すると、腕が、すっぽりと黒い球体の中へ吸い込まれた。
「……」
モリサキはそのまま、全身を黒い球体へと潜らせた。
満天に星が広がっていた。
アガルタにはないはずの、星々のある空。
周囲三百六十度、どこまでもどこまでも続く草原。
モリサキはゆっくりと歩み出す。
歩み出した先には石の台座があって、モリサキはそこにクラヴィスの欠片《かけら》を置いた。
しばらくは、何も起こらなかった。
しかし、やがて。
突如として、クラヴィスが光を放ち始めた。
そして、欠片だったクラヴィスが水晶状の完全な形へと復活する。

同時に、空に影──

「シャクナ・ヴィマーナ！」

船はゆっくりと降下しながら、その姿を異形《いぎょう》へと変化させていった。

喩《たと》えるなら、巨大な四《よ》つん這《ば》いの巨人。

それが、ずしりと地面に着地して、

全身に、無数の「目」を開いた。

「これが……アガルタの、神」

モリサキの前で、目がばらばらに瞬《まばた》き、

その「声」が、モリサキの心の中に聞こえてくる。

モリサキは呟《つぶや》く。

「願いを言え、と──？」

モリサキは、両の手を握りしめ、瞳《ひとみ》を閉じて、ふう、と息を吐き出した。

ようやく、このときがやってきた。

「十年間──」

無数の思い出が胸の中に去来する。

「一時たりとも、忘れたことはない。かつては君の死を乗り越えようともした」

だが——と、モリサキはかぶりを振る。
「駄目なんだ。君がいない世界に、意味を見いだすことができない」
そして、モリサキは、願う。
強く、強く。
「リサ！　僕のもとに、戻ってきてくれ！」
瞬間、クラヴィスがすさまじい光を放ち始めた。
同時に「神」の前の空間に、光の亀裂《きれつ》が入る——
亀裂の中から、赤い光条がいくつも伸びてきて、モリサキの前にわだかまった。
それは、やがて、ぼんやりとした人形《ひとがた》となり——
徐々に、徐々に、形を得ていく。
そして現れたのは、
懐かしい、懐かしい、
リサの姿だった。
「リサ、なのか……？」
手で触れようとする。
だがそれは、単なる液体——ヴィータクアが、人形《ひとがた》をとっているに過ぎなかった。

「なぜ——」

呟いたモリサキの前で、再び無数の目が瞬き、神の声が頭の中に響く。

「魂を入れる、肉の器を、差し出せ、と——？」

モリサキの中に、どす黒い迷いが生じた瞬間だった。
＊

泣いていた二人が、やがて立ち上がり、互いに顔を見合わせたとき——

響いた荘厳《そうごん》な鐘《かね》の音に、二人は顔を上げた。

そこにあったのは、空を飛ぶ神の船の姿。

「あれは——」

「シャクナ・ヴィマーナ！　生死の門へ向かっている！」

「それって、先生が」

「アルカンジェリがたどり着いたのか⁉　ヴィマーナは命を運び去る船だぞ⁉」

命を運び去る船？

そんな、馬鹿な。

モリサキは、神々の乗る船だと言っていた。

なのに――モリサキのいるフィニス・テラへ向かって、シャクナ・ヴィマーナは下りていく。二人が見つめる前で、シャクナ・ヴィマーナは、フィニス・テラの大穴の向こうへと消えていく。

「フィニス・テラ……もっと、ずっと離れたと思っていたのに。……私、闇の中でぐるぐる回ってたんだ……」

アスナが言って――

シンが、それに気が付いた。

「ケツァルトル」

一体のケツァルトルが、歩いてきていた。

肌色の、大きな人形をした、ぼろぼろのケツァルトル。

シンにはわかる。ミミを身体の一部とした、あのケツァルトルだった。

「アスナ、このケツァルトルは――」

言いかけて、その先をためらい、別のことを口にする。

「多分、死にに来たんだ」

ケツァルトルが、唄《うた》い始めた。

綺麗《きれい》な、この世のものとは思えない、悲しみと喜びの混ざったような唄を。

「ケツァルトルは死ぬ前にああやって、全ての記憶を唄に込めて残すんだ。唄は形を変えてどこまでも伝わっていく。空気の振動の中に受け継がれ、俺たちの身体にも、気付かぬうちに混じり合う。そうやって世界のどこかに、永久に記憶されるそうだ」

唄。

この旅の発端《ほったん》にもなった、あのとき聴いた「唄」は——

「……私が、あのとき聴いたのは」

おそらく。

アスナは思う。

あれは、シュンが、このようにして唄った唄なのではないのか、と。

「シン、私、先生のところに行かなくちゃ」

「しかし、あの崖《がけ》は——」

「このケツァルトルが連れていってくれるって！」

不思議なことだった。

アスナには、そのケツァルトルが言っていることがわかる気がしたのだ。

シンは、それを信じる。

このケツァルトルは、ミミを取り込んでいるから。

二人が並んでケツァルトルの前に立つと、ケツァルトルの口が大きく開いて、二人を呑《の》み込んだ。

恐怖はなかった。

胎内《たいない》回帰という言葉をこのときのアスナは知らなかったが、むしろ母親の腕の中に帰ったような、心地のいい安堵《あんど》感だけがあった。

そして、二人を呑み込んだケツァルトルはフィニス・テラの淵《ふち》に立ち、ゆっくりとその身を投げ出した。

ケツァルトルは真っ逆さまに落下して、遥《はる》か距離を下った後、ヴィータクアの滝に突っ込んだ。滝の中でケツァルトルの身体はヴィータクアに溶けてゆき、
アスナとシンは二人、手と手を取り合ったまま、ヴィータクアの滝を落ちていく。

＊

そして、やがて滝壺《つぼ》へと落下した二人は、ヴィータクアの水たまり——ケツァルトルの墓場を抜けて、黒い球体の前へとやってきた。

シンと、アスナ。

二人は顔を見合わせて、同時に頷《うなず》いた。

——行こう。

黒い球体に向けて歩を進めていく。

そして、モリサキと同様に黒い球体の中へと吸い込まれた二人は、
星溢《あふ》るる草原へとたどり着いた。

「星空……」

アスナが言って、

「これが……星」

シンが言って、

「アスナか」

モリサキが、どこか、あきらめにも似た息を吐き出した。

その前に、四つ足の、無数の目を持った何かが存在していた。

「アスナ……君に、この場に現れて欲しくはなかった」

その瞳《ひとみ》から、涙がこぼれていたことを、アスナは忘れない。

宙に開いていた亀裂が、強烈な光を放った。

その光はアスナに突き刺さり、
アスナは、糸が切れた人形のごとく倒れ込む。

「アスナ！」

シンが駆け寄って、その身体を支えた。

「アスナ……！」

その身体から、ヴィータクアが染み出してくる。

払っても払ってもヴィータクアは溢れ出し、やがてアスナの身体を完全に包み込む。

「死者の魂をアスナの身体に……！」

シンは、怒りに自分の毛が逆立つのを感じた。

「アルカンジェリ！　お前が選んだのか！」

モリサキは答えない。

ただ、ゆっくりと、二人に向かって歩いてくる。

「アスナ！　心を開け渡すな！　戻れなくなるぞ！」

ヴィータクアが光を放っている。

「アスナ！　アスナぁ！」

叫ぶシンの腕の中、アスナがゆっくりと身を起こした。

そして、

「寒いわ……」

そう言って、自らの身体を抱きしめる。

そして、

「どこにいるの？」

続ける。

「あなた」

モリサキは、息を呑んだ。

「リサ！」

そしてモリサキが駆けだしたとき、シャクナ・ヴィマーナの目が再び動いて、モリサキの頭が後方へと弾《はじ》かれた。

その右目は完全に潰《つぶ》れ、左目からも血が溢れ出していた。

モリサキの手からオルゴールが転げ落ち、もつれた足がそれを踏み砕いてしまう。

モリサキは背後のシャクナ・ヴィマーナを見上げながら、言う。

「あの少女だけでは足りないというのか……！」

代償として。

その言葉に、「アスナ」が反応した。

「あなた……？」

「アスナ！」

シンの言葉が聞こえた様子はなかった。

アスナは、静かに続ける。

いつものアスナとは違う、しっとりとした落ち着いた声で。

「あなた、そこにいるの？」

「アスナ、しっかりしろ！」

シンの呼びかけに、アスナは応えない。

シンはアスナを地面に横たえると、モリサキめがけて駆け出し、
モリサキはゆっくりと、アスナ――リサに向かって歩いていく。

「アルカンジェリ！　アスナを戻せ！」

そこまで言って、シンは気付く。

「お前、目を――」

「もう遅い。代償は払ってしまった」

シンの横を通り過ぎ、モリサキは歩いていく。

「リサ……僕はここにいるよ」

赤く染まった、ぼんやりとした視界の中、
そこに、懐かしい、懐かしい、リサの姿があった。

リサはその細い腕を伸ばし、モリサキの頬に触れる。

「あなた……どうしたの？　少し歳を取ったみたい」

モリサキは、溢れ出る涙をこらえることができなかった。

その細い手を、自らのごつごつとした両の手で包む。

「すまない――リサ」

二人の背後で、シンが、呟《つぶや》くように言う。

「だめだ……アスナ」

そして、周囲を見回し、
発見する。

クラヴィスが、強烈な光を放っていた。

「……あれか！」

シンが駆け寄って、
あの短刀で、

兄さんの短刀で、
クラヴィスを斬りつけた。
あっけなく刃は跳ね返され、見えない力でシンの身体の方が吹き飛ばされる。
しかし――
シンは再びクラヴィスに挑みかかる。
刃を突き立てる。
突き立てる。
突き立てる。
見えない壁がその全てをことごとく弾き返す。
それでも、それでも。
「アスナ！　アスナ！」
リサが、不意にシンのほうを見やった。
「あなた……私、知ってるわ。どうしてかしら、胸が……」
その両の肩に手を乗せて、モリサキは優しく微笑んだ。
「リサ、君はここにいて」
そして、ポケットからナイフを取り出しながら振り返る。

「すぐに戻るよ」

シンに向かって。

「アスナ！」

シンはクラヴィスに刃を突き立てる。

突き立て続ける。

「アスナ！　アスナぁ！」

ついには刃の先が欠けて、
それでもなお、兄のくれた短刀を振り下ろし続けるシンの、
首筋に、刃が当てられた。

「もう止めてくれ。リサには罪はない」

シンは、全身で息をしながらモリサキを振りほどき、

「生きている者が大事だぁっ！」

叫んで、クラヴィスに短刀を突き立てた。

強烈な光が放たれた。

＊

　そのとき、アスナは、誰かに呼ばれた気がして振り向いた。

　どこか落ち着いた部屋の中、テーブルの向かいにはシュンが座っていて、にこやかに笑みを浮かべていた。

「シンが、呼んでる……」

　呟いた瞬間、ミミがアスナの肩に飛び乗って、首の周りをぐるりと一周し、テーブルへと飛び移った。そして、シュンの前に、ちょこんと座る。

　シュンは、穏やかに言った。

「――行くんだね、アスナ」

　アスナは、頷《うなず》く。

「――うん。さよなら」

＊

シンの振り下ろした短刀が、ついに、クラヴィスを叩《たた》き割った。

「！」

モリサキが弾《はじ》かれたようにリサを振り返る。

リサは、ふらりとふらついて、

「――リサ！」

駆け寄ったモリサキがそれを受け止めた。

「リサ！」

モリサキの膝《ひざ》の上に倒れたリサが、手を伸ばし、モリサキの頬に触れる。

「ごめんなさい、あなた」

謝ることなんか――

「守って、あげられなくて」

ないというのに――

リサの身体から、ヴィータクアが溢《あふ》れ出す。

「リサ！　行くな！　リサ！」

ヴィータクアは、容赦なく、リサの全身を覆い尽くしていく。

「愛している！　愛している！　――愛していた！」

リサは、困ったように笑った。

そして、最後に、

「しあわせよ」

そう言い残して、瞳《ひとみ》を閉じる。

瞬間、ヴィータクアが弾けて、
あとには、アスナの身体が残った。

泣き崩れるモリサキの背後で、シャクナ・ヴィマーナは再び船の形に姿をかえた。

シンは深く息を吐く。

全身が脱力し、地面に膝をついて、前髪をかきあげた。

「……殺せ」

モリサキは言った。

「殺してくれ」

涙混じりの声で。

――しかし、シンはかぶりを振った。

「兄さんの声が聞こえたんだ」

それは、ここが「生死の門」の中だったからなのだろうか。

「喪失を抱えて、なお生きろ、と」

空は、いつの間にか、青く澄んでいた。

その雲間を、シャクナ・ヴィマーナが飛んでいく。

「それが、人に与えられた呪いだ」

モリサキの涙を頬に受けて、アスナが、ゆっくりと目を覚ます。

「でも、きっと」

シンの言葉を背後に、アスナはそっとモリサキを抱きしめる。

「それは、祝福でもある」

その様子を見つめながら、シンは告げる。

「アスナ……俺と出逢《であ》ってくれて、ありがとう」

# 十三話

三人は「狭間《はざま》の海」の前へと戻ってきていた。

ヴィータクアの泉の前で、モリサキとシンとアスナは向かい合う。

「アルカンジェリ、お前はどうするんだ？」

シンに言われたモリサキが、静かにかぶりを振った。

「その呼び名はやめてもらおう。私はアルカンジェリを裏切った身だ――もはや地上に帰れる場所などない」

「先生、それじゃあ」

言いかけたアスナに、モリサキは頷いた。

「私はアガルタに残る。私はまだあきらめたわけではない。この世界のどこかにならば、また他にリサを蘇《よみがえ》らせる方法が見つかるかもしれない。それを探す旅に出る」

そこには確固たる意志が感じられ、アスナにもシンにも何も言うことができなかった。モリサキは、また次に何かの代償を要求されたとしても、それを払うつもりでいた。

るのだろう。——あるいはそれは、シンの言っていた「人間に与えられた呪いであり祝福でもあるもの」に対する、挑戦なのかもしれなかった。

「シンはどうするの？」

アスナが尋ねると、

「俺は……」

シンは、少し先をためらったようだった。

「カナンの村に戻るわけにはいかない——アモロートとの関係が悪くなるからな」

「それじゃあ」

アスナは言いかけて——止める。

地上の大気はアガルタ人にとっては毒なのだ。

だから、シンを地上に誘ったりするわけにはいかない。

シンはうなずいて、

「アルカ——モリサキに同行しようと思う。人を生き返らせることが正しいことなのかどうかはわからないが、その答えも旅の途中で見つかるかもしれない」

「……そう、だね」

アスナは、そして、ヴィータクアの泉に向かい合った。

「それじゃあ――」

さよならも、それじゃあも、元気でねも、違う気がした。

「また、ね」

それを聞いて、シンが微笑んだ。

「いつかまた逢おう、アスナ」

「――行こう」

モリサキがそう言って、シンを促した。

去りゆく二人を見送りながら、自らもヴィータクアの泉へと飛び込んで――

アスナは、地上世界へと戻っていった。

＊

それから、およそ半年が経った。

＊

「アスナー、卒業式、遅れるわよー」

「はーい」

今日は、溝ノ淵小学校の卒業式だった。

まだ馴染《なじ》みのない、中学校のブレザーを着たアスナが、玄関に向かって走っていく。

「それじゃあ、行ってきます」

「また後でね」

母の声に、うん、と頷《うなず》いて、アスナは石垣の坂道を下り始める。


あのときは大変だった。

なにしろ一ヶ月以上もアガルタに滞在していたアスナには、当然ながら捜索願が出されていた。同時にモリサキも行方不明になったのは不幸だったというべきか、狭い町の中で「あの二人は駆け落ちしたのだ」という噂が立ったのは、必然ではあった。

家に帰ったアスナを、母は叱らなかった。

ただただ「よかった」と泣く母に、アスナは申し訳ない気持ちでいっぱいになった。

モリサキについて、警察から尋ねられたけれど、知らないの一点張りで通した。自分がどこに行っていたかについては、正直に話しても受け入れられるはずもなく、アスナは何も語らなかった。


それからアスナはアガルタのことをときどき思い返していたけれど――

今は、もしかしたらあれは夢だったのかもしれない、と思うようになっていた。

それが、時の流れ、あるいは
成長というものなのかも、しれない。

「あ、アスナちゃん、おはよう」

「おはよう、ユウちゃん」

たまたま出くわしたユウに、アスナは笑顔で挨拶《あいさつ》をする。それから、ごく何気ない、まるで天気の話題でもするかのように口にする。

「いよいよ卒業だね」

「うん……私、泣いちゃわないか、不安だな」

「大丈夫だよ、私もきっと泣いちゃうし」

二人はころころと笑う。


空は青く、風は冷たく、空気は美しく澄んで、早春の匂いを運んでいた。

小学校を卒業して、中学生になる。

それは思春期にさしかかろうとしている子どもたちにとって、大きな節目の一つだ。

溝ノ淵中学校は各学年に三クラスしかないけれども、先生はもっと大勢いる。今までのように、一人の先生に全ての授業を教わるのではなく、科目ごとに違う先生が授業をするのだ。今まで以上に、勉強は難しくなるのに違いない。

それが少し不安でもあり、楽しみでもある。


アスナたちは、他愛もない昔話に花を咲かせながら、桜の舞い散る道を歩いていく。

この道を、溝ノ淵小学校の通学路として使うのは、これが最後になる。

そのことに、いささかの感慨《かんがい》を抱く――とは言っても、中学校にあがってからもこの道は通学路として使うのではあるのだけれど。

馴染《なじ》みの坂道を下りて、名ばかりの商店街を歩き、あの踏切の前にたどり着く。

汽車はあれから、ほんの少し本数が増えた。前は開いているのが当然のようだった踏切だけれど、朝のこの時間は、けっこう頻繁《ひんぱん》に閉まっていることがある。溝ノ淵は「閉じた町」だったけれども、それも変わっていくのかもしれない。こうやって汽車の本数が増えれば、通勤や通学にそれを使うこともできる。やがてアスナが高校に通う頃には、もしかしたら溝ノ淵の外にある高校に通うことができるかもしれない。

汽車が目の前を通り過ぎていく。

アスナは、ふと、汽車の来た方向を見やった。

見上げれば、小渕の山。

――そういえば、あの高台には、もうここしばらく行ってないな。

アスナはそんなことを思い、
次の瞬間、息を呑《の》んだ。

高台の上で、青い光がきらめいたような気がしたのだ。

（……もしかして）

もしかするのかもしれない。
アスナは思い、そして心に決める。
今日の卒業式が終わったら、小渕の高台に久しぶりに行ってみよう。

もしかしたら、そこで——

カバーデザイン　木庭貴信＋青木春香（オクターヴ）

本書は、二〇一七年六月に角川文庫より刊行された
『小説　星を追う子ども』を単行本化したものです。

**新海 誠（しんかい まこと）**
1973年長野県生まれ。アニメーション監督。2002年、ほぼ１人で制作した短編アニメーション『ほしのこえ』で商業デビュー、注目を集める。その後『雲のむこう、約束の場所』『秒速５センチメートル』『星を追う子ども』『言の葉の庭』で国内外で数々の賞を受け、2016年公開の長編アニメーション『君の名は。』は記録的な大ヒットとなった。
自身の監督作を小説化した『小説　君の名は。』『小説　言の葉の庭』『小説　秒速５センチメートル』で、小説家としても高く評価されている。

**あきさか あさひ**
1978年生まれ。2005年、第６回えんため大賞優秀賞を受賞した『渚のロブスター少女』でデビュー。他の小説作品に『赤井くんには彼女がいない』『誰よりもやさしいあなたのために』『げーまに。』などがある。

新海誠ライブラリー
# 小説《しょうせつ》 星《ほし》を追《お》う子《こ》ども
新海《しんかい》 誠《まこと》／原作
あきさか あさひ／著

2018年12月　初版１刷発行

発行者　小安宏幸
発　行　株式会社汐文社
〒102-0071　東京都千代田区富士見 1-6-1
富士見ビル１F
TEL03-6862-5200　FAX03-6862-5202
印　刷　株式会社暁印刷
製　本　株式会社暁印刷

ISBN978-4-8113-2504-0　C8393